KB147417

남원에서
살아보기

남원에서
살아보기

서울시도심권50플러스센터 지음

퍼블리터

차례

첫 번째 이야기
가 보면 살고 싶어지는 남원의 매력

두 번째 이야기
남원살이를 위한 몇 가지 제안

세 번째 이야기

실전! 한 달 살아보기를 위해 꼭 알아야 할 것들

에필로그 | 남원 여행 현장 스케치

남원 가실래요?

이형정 ● 서울시도심권50플러스센터 센터장

"남원 가실래요?"

이 한 문장을 위해 참 많은 생각을 했다. 50+세대에게 '지역살이'란 어떤 의미로 다가갈까?

2014년부터 '인생이모작', '50+'라는 키워드를 중심으로 분야를 막론하고 다양한 사업을 실험했다. 그중 하나가 글 좀 쓰는 50+와 그들의 관점에서 세상과 문화를 읽어 내는 사업이었다.

오십 즈음, 조금 더 나를 돌보고 집중할 수 있을 때 가장 먼저 생각나는 것이 '여행' 아닐까. 첫 시도였던 '맘대로 여행'은 직장생활로 극성수기 패키지여행을 갈 수밖에 없었던 시기를 벗어나 '여행'이라는 공통의 관심사만으로 생면부지의 사람들이 모여 직접 기획하고, 여행하고, 그 경험과 감정을 글로 표현하는 일이었다. 20, 30대 자유여행자들의 인스타 감성 여행

6

리뷰 못지않게 50+세대의 삶과 경험이 녹아든 여행 리뷰도 충분히 매력적일 것으로 생각했다.

멀리 떠나지 않고 일상 가까이에서 50+시선의 이야기를 담고 싶었다. 영화와 부산국제영화제, 서울의 숲 등을 주제로 저마다 다른 삶을 살아온 50+들이 만나 한 해, 한 해 새로운 이야기를 담아냈다.

지난 해 5월 '남원, 지리산' 경험을 계기로 새로운 도전을 하게 되었다. 바로 '지역살이'라는 주제였다. 50+세대가 가진 일 활동의 욕구, 소득과 소비의 균형, 오롯이 나를 위한 시간을 위해 서울이라는 대도시를 벗어나 지역의 안착을 고민하게 되었고, 청년은 물론 중장년마저 떠나 심각한 고령화에 접어드는 지역에 경험과 경력이 풍부한 50+세대는 지방 소도시의 유의미한 긍정적 변화를 이끌어낼 수 있을 거란 생각이 들었다.

이 책은 50+세대 당사자의 경험에 기반한 지역살이 안내서로 교통, 음식, 관광지 등의 정보를 다룬 책과는 결이 다르다. 지역살이를 고민하고 있다면 정보뿐만 아니라 글쓴이들의 감정도 진지하게 느껴보길 바란다. 그리고 한 달, 석 달, 반년, 일 년 차근차근 충분한 탐색의 시간을 가지며 삶에 새로운 경험을 더해보길 기대한다.

남원의 매력, 남원살이를 위한 제안, 한 달 살아보기를 위해 꼭 알아야 할 것들을 진지하고 개성 있게 담아준 16명의 지역살이 기록가와, 책 출판에 손을 잡아 준 퍼블리터 정재학 대표, 마지막으로 머릿속으로 그린 사업을 실현할 수 있도록 해 준 패스파인더 김만희 대표께 진심으로 감사드린다.

50+, 남원·지리산에서 길을 찾다

김만희 ● 패스파인더 대표

남원을 처음 찾은 것은 2019년 4월 중순, 그러니까 벚꽃은 떨어지고 다른 봄꽃은 피기 전, 어중간한 봄날이었다. 전에도 남원을 가보지 않은 것은 아니었지만, 남원은 목적지였다기보다는 스쳐 지나가는 곳이었다. 이를테면 지리산 둘레길을 걷고 싶어 방문센터를 찾아갔더니 '거기가 남원의 인월이었다' 든지, 지리산 철쭉 축제를 보고자 바래봉을 거쳐 내려왔더니 '어 여기가 남원이네?' 하는 식이었다. 온전히 남원을 목적지로 하여 발을 들여놓은 것은 나이 오십이 넘어 처음이었지만, 그 이후 열 번도 넘게 남원 지리산을 찾게 될지는 몰랐다.

많은 이들이 그런 것처럼 내게도 '남원' 하면 떠오르는 것은 춘향전과 광한루 그리고 추어탕이다. 하지만 한두 번 남원을 찾을수록 다양한 매력에 빠지게 되는데 한 마디로 '남원의 재발견'이었다.

전에는 그냥 두루뭉술 '지리산'으로 말하곤 했는데, 이제 소소하게나마 지리산 자락 행정마을의 서어나무숲과 삼산마을 솔숲을 하나하나 알아가고 있다. 또 춘향전의 고향으로서뿐 아니라 흥부전, 국악의 성지, 김병종미술관 등 다양한 문화 자산은 '어 이것 봐라!' 하고 심상치 않은 남원을 다시 보게 만든다.

멋진 자연과 다양한 문화 자산이 다가 아니다. IMF 외환위기 이후 농사를 짓고 싶은 이에게 절의 논과 밭을 내어줬다는 실상사 귀농학교는 귀농·귀촌에 관심을 가진 이들이면 대부분 아는 이야기인데, 그 실상사가 남원 산내면의 '우리 사찰, 마을 사찰'이었던 것이다. 각처에서 이런저런 꿈과 고민을 안고 남원을 찾은 사람들이 있고, 또 그냥 지리산이 좋아 남원을 찾은 또래들도 심심찮게 만날 수 있는 곳이 바로 남원이다.

아는 만큼 사랑하게 된다고, 이전에 남원과 지리산은 내 머릿속에 띄엄띄엄 점과 같았다면 이제 남원 지리산이란 굵은 선과 넓은 면으로 연결되고 있다.

이 책을 써보자는 논의는 지난 2019년 6월 말 시작되었다. 6월 중순 신중년 15명이 '패스파인더 남원 지리산 여행'을 남원으로 다녀왔는데 이를 보고 서울시도심권50플러스센터에서 연락을 주면서부터이다.

이형정 서울시도심권50플러스센터장은 5월 말 개인적으로 지리산 둘레길을 다녀오고서 지리산에 꽂혔는데, '패스파인더 남원 지리산 여행' 소식을 우연히 접하면서 새로운 과정의 아이디어가 떠올랐다고 한다. 서울시도심권50플러스센터와 패스파인더가 약 세 달간 함께 기획하며 준비한 끝에 이 책의 모태가 된 '50+, 남원·지리산에서 길을 찾다' 과정이 만들어졌다. 즉 남원에 대해 배우고 여행하고 글을 써서 책으로 엮는 것까지의 과정이 태어난 것이다.

이 과정에 지원하고 최종적으로 선발된 분들은 총 16명이다. 주로 5060 신중년으로 여행과 글쓰기에 관심이 높은 분들이다. 신청만 하면 되는 다른 교육 과정과 달리 이 분들은 신청 시에 글을 한 편 써서 제출해야 했고 또 별도의 면접 과정을 거쳐 선발되었다. 그만큼 이 과정을 위해 공을 많이 들였다. 그런데 선발 과정에서 흥미로웠던 것은 많은 분의 신청 동기가 일치했는데, 아래 모집 문구 '남원 가실래요?'에 이끌려 이 과정을 신청하셨다는 것이다.

그렇다면 이 또래는 왜 그리 떠나기를 좋아할까? 여행을 싫어하는 세대가 있을까마는, 신중년 시기의 여행이 갖는 의미는 몇 가지 측면에서 각별한 것 같다.

우선 5060 신중년은 인생의 단계로 볼 때 여행하기 가장 좋은 시기가 아닐까 한다. 여행하기에 적당한 건강과 함께 시간적, 금전적 여유를 모두 가지고 있다. 자녀가 독립했거나 대학에 진학한 경우는 좀 더 홀가분히 떠날 수

있다. 패스파인더 여행에 참여하시는 분 중에는, 자녀를 어느 정도 양육하고 나서 처음으로 혼자 여행을 오셔서 기대 반 두려움 반이신 분들을 종종 본다. 사실 여행뿐 아니라 전에는 안 해보던 무엇인가를 이제는 나 자신이 주체가 되어서 할 때가 온 것이다.

또 한 가지는 자연과 문화 그리고 사람을 대하는 시각, 이해, 감성이 풍부해진다는 것이다. 신록의 푸릇함에 맘이 설레고, 솔숲 사이로 비치는 달빛에 눈이 시리다. 삶의 전환기에 있어서인지 똑같은 것을 보더라도 그 전과는 다른 시선, 다른 감정을 느끼는 경우가 많은데, 이것이야말로 여행에 있어 가장 필요한 요소일 것이다. 물론 모든 사람이 그러한 것은 아니지만 평균적으로 보면 또 한 개인의 삶에 단계에서 보면 청년의 시절보다 더 종합적이고 입체적으로 바라보게 되는 것 같다.

그러나 신중년에게 여행이 의미는, 여행하기 괜찮은 여건이라는 것뿐 아

니라, 여행이 정말 필요한 시기라는 점이다. 삶의 단계에서 제3 인생기 (Third Age)라고도 불리는 이 시기는, 개인이나 사회 모두에게 전에 경험해 보지 못한 낯선 단계이다. 사람은 누구나 익숙한 환경을 벗어나기 쉽지 않고 또 잘 벗어나고 싶어 하지도 않는다. 그러나 때로는 익숙한 것과의 결별이 필요한 시기가 오는데 인생 전환기인 신중년도 바로 그런 때이다. 일자리의 변화, 가족관계에서의 변화, 신체조건의 변화 등 다양한 영역에서의 변화로 익숙하지 않은 것에 노출되는데 이를 피하는 것이 불가피하다면 보다 적극적으로 받아들여야 할 필요가 있는 것이다.

이렇게 낯섦에 노출되고 또 적응해야만 하는 생애 전환기에 있어 여행은 매우 유용한 방법이다. 예전처럼 낯선 풍경과 음식을 즐기는 여행도 좋고, 또 기존과 달리 바라보는 시야를 가지고 전에는 봐도 몰랐던 것들, 봤어도 잊어버린 것을 새롭게 바라보는 여행은 우리에게 매우 유용하다고 하겠다. 그런 면에서 군이 해외가 아니라도 우리나라 구석구석을 찾아보고 잊어버린 나와 지역을 다시 생각하고, 인생 후반의 다양한 사람을 통해 지역에서의 일·활동까지 살펴볼 수 있다면 생애 전환기의 신중년에게는 전환의 계기를 제공할 수도 있는 의미가 있다.

그렇다면 다소 추상적일 수도 있는 '여행을 통한 전환' 의 계기는 어떻게 올수 있을까? 한 예로써, '소유'에 대한 생각의 전환을 들 수 있겠다. 우리는 살면서 늘 무엇인가 소유하고자 한다. 그러나 여행을 하다 보면 우리가 마음만 먹으면 누리고 소유할 수 있는 훨씬 더 많은 것들이 있다는 것을 깨닫게 된다. 사계절 시시각각 변하는 숲, 일출에 운무를 거느린 장엄한 산, 아름다운 강변, 그리고 그 위로 내리는 석양 등 그동안 미처 즐기지 못하고 존재조차 잊어버린 많은 것들이 있다. 자동차나 집을 소유하기 위해 들이는 노력보다 훨씬 작은 대가로 누릴 수 있는데도 말이다.

또 한 가지는 '일·활동에 대한 인식 전환'이다. 그동안 우리가 해 왔거나 알아 왔던 일의 개념은 지극히 단편적이고 획일적이었다. 그래서 삶의 전환기에 이르러서도 또 비슷한 목적과 형태의 일을 찾게 마련인데 현실은 많이 야속하다. 우리가 조금만 신경 써서 지역을 여행한다면 기존에 알지 못하던 일·활동을 만나고, 다양한 자원이 결합한 조금은 낯선 일·활동 사례들을 만나 볼 수 있다. 이러한 깨달음은 보통 지역의 사람과의 만남으로 다가오는데, 새로운 일·활동의 영역을 보여주면서 동시에 기존 인식의 전환을 가져오기도 하는 것이다.

이 책은 몇 가지 기존 도서와 차별점을 갖는다.

첫째, 지역의 관점, 지역에 거주하거나 귀농·귀촌한 사람들의 관점이 아닌 지역을 바라보는 신중년의 입장에서 쓰였다. 공급자 입장에서 "여기가 이렇게 좋다"라는 목소리뿐 아니라, 수요자 입장에서 이건 어떨까 저건 괜찮을까 하는 궁금증과 고민의 답이 담겨있다.

둘째, '남원 지리산'이라고 하는 지역에 대해 독자들이 가질 수 있는 다양한 필요를 채우려고 하였다. 가장 많은 사람이 떠올리는 개인적인 힐링과 나를 찾고 지역을 알아가는 여행, 퇴직 전후에 필요한 전환 탐색 여행, 그리고 지역에 살아보기를 모색하는 여행 등 신중년이 가질 수 있는 다양하고 단계적인 필요에 대한 답을 담으려 시도하였다.

셋째, 비록 글을 쓴 이들은 신중년이지만, 이 책 속에는 다양한 이들의 노력과 의견이 녹아 들어가 있다. 지역을 사랑하는 남원시청의 여러 공무원, 열정을 갖고 공공과 민간 기관에서 활동하는 파트너분들 그리고 남원 지리산으로 귀농·귀촌한 분들까지 그간의 경험을 통한 교훈을 담아내려 했다. 누구보다 서울시도심권50플러스센터의 과감한 도전과 여행을 통해 지역과 신중년을 잇고자 하는 패스파인더의 열정 그리고 수많은 저자와 소통하며 글을 모아 한 권의 책으로 엮어낸 도서출판 퍼블리터의 전문성이 녹아 들어 있는 것이다. 모든 분들께 다시 한 번 감사를 드린다.

부디 서울과 남원의 수많은 신중년과 전문가들이 애정을 담은 이 결정체가 여행을 통해 나를 찾고, 지역을 알고자 하는 분들에게 의미 있는 도움이 되길 간절히 바라본다.

남원,
가실래요?

가 보면
살고 싶어지는
남원의 매력

첫 번째 이야기

"

내 인생 후반전을 바꿀
운명의 마리츠버그역은 과연 어디일까?
3박 4일, 짧지만 의미 있는 여행을 끝내고
서울 가는 기차를 기다리며
남원역이라 쓰인 이정표 앞에서
문득 그곳이 궁금해졌다.

"

전민정

호주를 혼자 배낭여행했던 뜨거운 열정을 가슴에 품은 채 잡지사 기자로 7년, 영어학원 원장으로 16년을 바쁘게 살아왔다. 3년 전 흩날리는 벚꽃의 자유를 갈망하며 안식년을 결심했다. 우연히 다시 시작한 글쓰기와 여행을 통해 예전의 나를 오롯이 마주하며 인생 후반전에 나아갈 길을 발견하게 되었다. 다양한 삶의 길을 천천히 걸어가며 더불어 행복하게 살아가기를 소망한다.

진정한 여행은 살아 보는 거야!

인생 후반전을 탐색하다

해마다 봄만 되면 늘 학원에서 가르치는 학생들의 중간고사 준비를 하느라 벚꽃 볼 겨를이 없었다. 농담 삼아 벚꽃의 꽃말이 '중간고사' 라고 자조 섞인 얘기를 했지만 당연하게 생각했다.

찬란한 햇살 아래 마치 눈처럼 자유롭게 흩날리는 벚꽃을 보며 출근 하던 어느 날이었다. 알 수 없는 슬픔이 밀려들면서 지금껏 잘 살아 왔다고 여겨왔던 인생을 흔들어대기 시작했다. 마음속 깊이 숨어 있 던 자유가 이제는 나가고 싶다고 소리치고 있었다.

그렇게 나의 학원생활 16년, 아니 사회생활 23년을 접고 안식년이 시작되었다. 그동안 미뤄왔던 운동도 하고 친구도 만나며 이곳저곳 여행도 다니다 보니 예전보다 많은 시간이 주어졌는데도 첫 1년은 더 바쁘게 정신없이 지나갔다. 그 와중에 여행과 글쓰기는 안식년 생활의 가장 좋은 친구가 되었다.

안식년 생활 중 나를 가장 행복하게 해 주었던 것은 틈틈이 떠나는 국내외 여행이었다. 주로 며칠간의 단기 여행이었지만 낯선 곳에서 새로운 나를 발견하는 그 시간은 정말 소중했다. 언젠가 '여행은 살아보는 거야'라는 모 회사의 광고 카피를 본 이후 나라별, 도시별 '한 달 살아보기'를 버킷리스트에 빼곡히 적어 놓았다.

지난봄에는 '캄보디아 한 달 살아보기' 강좌도 수강했고, 베트남 호치민에서 한 달 살기에 대해 구체적 계획도 세웠다. 이렇게 계획을 세우는 것만으로 이미 반은 실행한 것 같아 흐뭇했다.

해외 살아보기는 그렇게나 많이 버킷리스트에 올려놓았음에도 불구하고 이상하게도 국내의 귀농이나 귀촌을 꿈꾸어 본 적은 단 한 번도 없다. 가끔씩 답답한 도시를 탈출하고 싶기도 했지만 귀농·귀촌보다는 제주 한 달 살기 정도에 관심이 있었을 뿐이다. 시골생활은 연예인들이 한 번씩 도전하는 '삼시세끼' 같은 몇몇 TV프로그램의 며칠간 낭만으로 충분히 만족하고 있는 터였다.

쉰 살이 되었고 안식년 생활도 3년차에 접어들었다. 신중년의 나이가 되고 일에서 조금 떨어져 살다 보니 앞으로의 삶에 대해 이런저런 생각을 많이 하게 된다. 지금까지와는 다른 방식으로 한번 살아 보고 싶기도 하고, 무엇인가를 다시 시작해 보고도 싶은 그야말로 인생 후반전을 탐색하는 시기이다. 앞으로 '어떻게 살 것인가?'에 대한 고민도 점점 깊어가고 있다.

텅 빈 절터를 가득 채운 깨달음

그러던 어느 날 '남원·지리산에서 길을 찾다'라는 문구가 우연처럼 다가왔다. 그렇게 뜻하지 않게 남원·지리산으로의 3박 4일 여행이 시작되었다. 사실 이번 여행은 단순한 관광이라기보다 50대 이후 은퇴자들의 귀농·귀촌 탐색을 위한 글쓰기 여행이었다. 목적이 어떠하건 떠남은 늘 설렘을 동반한다. 오랜만에 탄 KTX에서 기차여행의 낭만을 만끽할 새도 없이 2시간 만에 도착한 남원의 첫인상은 고즈넉했다.

공식 모임 전에 남원 몇몇 지역을 좀 둘러보려고 일찍 도착했기에 부지런히 첫 행선지로 발길을 옮겼다. 우리나라의 가장 오래된 한문 소설 김시습의 금오신화 '만복사저포기'의 무대가 된 만복사지다. 뜨거운 햇살을 고스란히 받으며 만복사지로 향하는 길목에는 정적만 감돌 뿐 오가는 사람이나 차들이 거의 없다. 도시의 북적임이 없어서인지 자연스럽게 길가의 이름 모를 풀꽃과 코스모스 무리가 눈에 들어

만복사지 입구의 석인상.

왔다. 만복사지 입구에 키가 커서 오히려 슬퍼 보이는 석인상이 가장 먼저 이방인을 반겨준다.

옛 절터 위에는 오층석탑, 석좌, 당간지주가 쓸쓸히 남아 힘겹게 오랜 세월을 이겨낸 흔적을 고스란히 간직하고 있었다. 가장 관심을 끈 석조여래입상은 고려 초 만복사를 지으면서 만들어졌다고 하는데 얼굴 가득 넘치는 우아하고 인자한 미소 때문인지 마치 살아 있는 듯 표정이 생생하다. 긴 역사를 간직한 만복사지를 둘러보기에는 짧은 시간이었지만 관광지 유명 사찰에서는 느낄 수 없는 진한 여운이 전해왔다. 아쉬움에 뒤를 돌아보니 아무것도 없는 텅 빈 절터 위로 시대를 초월한 풍성한 채움이 밀려온다. 지금은 사라진 사찰의 빈 공간이 방문객의 가슴 속에 더 많은 것들로 채워질 수 있음을 깨달으며 천천히 남원 시내로 향했다.

근처 시장 초입에 들어서자마자 여기저기서 고소한 참기름 냄새가 코를 찌른다. 방앗간이라는 고풍스러운 간판을 단 가게들이 여럿 보이고 직접 추수한 깨로 방금 짜낸 참기름 빛깔이 영롱하다. 그 투명한 빛과 후각을 자극하던 정겨운 냄새가 가던 길을 멈추게 한다. 여행자의 모드로 보면 카메라에 연신 담아내고 싶은 옛 운치와 감성을 그대로 간직한 재래시장의 원형이다.

조금 시선을 돌려 살아보기 모드로 바꾸니 '이곳에 오면 진짜 참기름을 먹을 수 있겠구나!'하며 삶이 살짝 모습을 드러낸다.

서어나무숲에서 처음 귀촌을 떠올리다

이번 여행의 첫 공식 행사는 운봉읍 행정마을에 위치한 이름조차 생소한 서어나무숲 탐방이란다. 관광지의 멋지고 큰 숲을 기대하고 들어서서인지 처음엔 작은 규모에 다소 실망스러웠다. 마을 이장 겸 문화해설사로 1인 다역을 하고 있는 현지 관계자의 설명을 들으며 숲과 마을에 대해 하나하나 알아가는 시간을 가졌다.

200여 년 전에 동네 사람들이 만든 숲이지만 그 후 인공 요소를 최대한 배제하고 자연 그대로를 보존하고 있다고 한다. 그 덕분인지 제 1회 아름다운 숲 대회에서 대상을 수상하기도 했다. 서어나무는 회색빛의 자작나무과로 그 끝을 보려면 하늘을 한참 바라봐야 될 정도로 키가 컸다.

서어나무숲에서 숲과 마을에 대해서 알아가는 시간을 가졌다.

서어나무숲은 한참을 걸어야 다 돌아볼 수 있는 거창한 숲도 아니고 수려한 풍광을 가진 숲도 아니다. 그저 마을 어귀에 있는 아주 작은 숲에 불과하다. 하지만 이곳에는 특별하고 고유한 울림이 있다. 서어나무숲을 제대로 즐기려면 잠시 눈을 감고 숲이 들려주는 이야기에 귀를 기울여야 한다. 숲 이야기가 끝나면 이제 마음속 나의 이야기를 해야 할 차례이다. 그런데 일행들이 서어나무숲 일정이 끝났다고 가자고 한다. 정작 내 이야기는 시작도 안했는데….

어머니의 품처럼 정겨운 서어나무숲을 아쉽게 바라보며 처음으로 귀촌이라는 글자를 떠올렸다. 여기서 살면 서어나무숲에 자주 올 수 있을 것 같아서일까? 나만 간직하고 싶은 서어나무숲에서 도란도란 이야기를 나누며 진정한 쉼의 시간을 가져보고 싶다는 소박한 상상을 해본다.

남원의 숲은 보석 10선 가운데 하나라는데 나만의 숲은 보석으로 남겨놓고 싶다. 아니 조금 아량을 베풀면 남원과 지리산을 찾는 여행객들에게 한 번쯤 쉬어가는 진정한 쉼터가 되길 소망한다. 숲의 멋진 모습을 담아내기에 스마트폰 카메라는 역부족인 것 같아 한 번 더 눈과 마음속에 숲의 풍경을 새겨 두고 천천히 서어나무숲을 빠져 나왔다.

백두대간에서 맞이한 둘째 날 아침, 태풍 미탁의 영향으로 비바람이 조금씩 거칠어졌다. 도시에서는 회색빛 단색이었던 비가 산속에서는 초록색에서 진초록, 흑색의 세세한 빛깔로 변하고 바람도 하나가 아닌 여러 결로 다가온다. 자연의 변화를 이처럼 가까이에서 마주한 적이 없어서인지 놀라움과 두려움을 넘어 경외감 마저 들었다.

'소살소살', 혼불문학관에 봄이 오는 소리

저 멀리 지리산 봉우리들을 둘러싸고 있는 황홀한 물안개를 바라보며 혼불문학관으로 길을 나섰다. 노적봉을 병풍 삼아 한옥의 멋스러움을 그대로 간직한 혼불문학관에는 한 땀, 한 땀 수를 놓듯 17년간 원고지를 메워 간 최명희 작가의 혼이 그대로 스며 있다. 긴 세월을 인고하며 작품을 완성해간 작가의 치열한 열정 앞에 그저 존경을 표할 뿐 그 어떤 찬사도 부족할 것 같다.

소설 『혼불』은 1930년대 남원 매안 이씨 종가 청암부인을 주인공으로 복잡하게 얽힌 서민들의 이야기를 다루고 있다. 혼불문학관이 있는 노봉마을은 소설의 주 무대로 곳곳에서 작품의 숨결을 느낄 수 있다. 작품 속 청암부인이 가뭄에 대비해 팠다고 묘사된 청호저수지 주변 산책로를 걷노라니 왠지 울컥해져 말없이 저수지의 물만 내려다보게 된다. 소설의 정취에 흠뻑 취해서인지 문학관 주변을 휘돌아오는 바람에 청암부인의 한숨이 묻어나고, 작은 나뭇가지에도 작가의 애잔함이 배어나온다.

멀리 지리산 노적봉을 배경 삼아 들어앉은 혼불문학관.

혼불문학관은 크게 전시관과 교육관으로 구성되어 있다. 전시관에는 작가가 생전 사용했던 몽블랑 만년필이나 친필 원고 등 자료들과 집필실이 재현되어 있다.

한편에는 『혼불』에 나오는 주요 10개의 장면들을 디오라마 형식(풍경이나 그림을 축소 모형으로 만들어 표현한 것)으로 자세히 구성해 놓아 그 시대 생활상을 엿볼 수 있을 뿐더러 소설에 대한 이해를 높일 수 있었다. 전시관 관람이 끝나고 대청마루가 시원한 '소살소살'에서 노적

서도역은 <미스터 션샤인>의 촬영지로 유명해져
'인생 샷 찍기 좋은 간이역'으로 주목받고 있다

봉과 벼슬봉 산자락을 올려다보며 느긋한 시간을 가지니 진정한 휴식이 이런 것이구나를 실감하게 된다.

혼불문학관 해설사에 따르면 '소살소살'은 작가가 겨울에 얼어 있던 강이 녹아서 물이 흘러가는 소리를 듣고 봄이 오는 물소리의 맛깔스러운 표현을 위해 고심 끝에 만들어 냈다고 한다. 혼불문학관에서 작가와 작품의 깊이 있는 이해와 흥미진진한 이야기를 원한다면 반드시 해설사의 문학관 해설 투어를 추천한다. 아는 만큼 보이는 법. 한층 풍부하고 의미 있는 시간이 될 것이다. 이 근처에 살며 젊은 시절 읽었던 『혼불』 책을 1권부터 한 권, 한 권 들고 와 소살소살 대청마루에 누워 다시 읽는다면 더 바랄 게 없을 것 같다. 서어나무숲, 그리고 혼불문학관을 돌아보고 나니 잠시나마 이곳 남원에 한 번쯤 살아보기를 해 보고 싶다는 생각이 조금씩 고개를 내민다.

서도역, <미스터 션샤인>의 촬영지

혼불문학관에서 차로 5분 거리인 서도역은 소설 속 효원이 완행열차를 타고 시집오면서 내렸고 강모가 학교 다닐 때 늘 이용한 역이다. 전라선 산성역과 오수역 사이의 작은 간이역으로 1934년 지어진 목조역을 그대로 복원했다. 이제는 본래의 역할을 잃어버린 시그널 조

<미스터 션샤인> 드라마 때문에 설치했던 '경성'이라는 이정표.

작기, 선로 변경기, 경성이라는 글자조차 거꾸로 읽어야 할 만큼 과거로 돌아간 채 1930년대의 감성을 그대로 간직하고 있다.

열차도 멈추었고 철길도 녹슬었지만 그 자체로 서정적인 주변 풍광이 아름다워 영화나 드라마 촬영지로 인기가 높다. 최근에 드라마 〈미스터 션샤인〉의 촬영지로 유명해져 '인생 샷 찍기 좋은 간이역'으로 주목받고 있다. 주변 강국들의 힘겨루기로 격변의 시대를 살아온 비운의 드라마 속 주인공이라도 된 것처럼 서도역 벤치에서 잠시 상념에 젖어 본다.

모든 것이 멈춰진 시대의 흔적과 비밀을 역사 옆 오래된 나무만이 알고 있다는 듯 형용할 수 없는 고요함 속에 묵묵히 서있다. 한 많은 역사 속 많은 이들이 오고 갔고 지금은 멈춘 폐역의 진정한 주인은 누

가 보면 살고 싶어지는 남원의 매력

구일까? 서도역은 끝내 말이 없다.

지리산에서 둘레길을 따라 맴도는 질문들

일정의 마지막 날 지리산 둘레길을 걸었다. 춘향이와 광한루의 고장인 줄만 알았던 남원에 지리산 둘레길의 시작과 끝이 있다는 것을 이번에 처음 알았다. 흔히 보았지만 이름은 생소했던 하얀 구절초 꽃무더기를 지나 계곡 물소리, 숲의 바람 소리, 흔들리는 나뭇잎 소리를 듣노라니 비로소 내 마음의 이야기가 들려온다. 이곳 지리산이야말로 지금까지의 나를 멈추고 한 걸음 떨어져 찬찬히 조망해 볼 수 있는 최적의 장소다.

이곳에서 지낸 며칠간은 빠르게 흐르는 도시의 시간과는 조금 다르게 흐르는 듯했다. 천천히 자연을 바라보라 하고, 오랫동안 내 마음 속 이야기를 해보라 하고도 한참이나 참을성 있게 기다려 준다.

늘 목표만을 향해 숨가쁘게 달려왔던 내 인생 처음 느껴보는 색다른 경험이다. 인생 후반전에 이곳 지리산 자락에서 한 번쯤 살며 내가 잘하는 것, 좋아하는 것들을 찾아보는 것은 어떨까?

지금까지 쉼 없이 달려왔으니 자연을 벗 삼아 조금 속도를 늦춰 쉼표 같은 삶을 살아보는 것을 어떨까? 실상사 도법스님이 인생 후반전에 관한 설법에서 앞으로 가치 있는 삶에 대해 물음을 던지셨는데 그 해답은 찾지도 못한 채 이런저런 질문만 꼬리에 꼬리를 물고 맴돌고 있다. 한참이나 내 마음속 이야기에 귀를 기울이며 걷다 보니 지금부터라도 원하는 것에 따라 살아 보자는 작은 용기가 샘솟는다.

며칠 동안 남원과 지리산에서 만난 사람들도 비슷한 이야기를 했던 것 같다. 그들을 만나 보니 시골에서 살면 농사만 지어서 힘들 거라는 나의 예상은 보기 좋게 빗나가고 있었다.

그들은 거창하지도 대단한 목표를 갖고 있지 않았지만 자신의 속도대로 천천히 살고 있음에도 그 누구보다 빛나 보였다.

지리산에서 1년마다 개최되는 포럼을 스위스의 다보스포럼처럼 만들기 위해 지리산의 많은 것들과 세상의 것들을 이어가고자 다양한 방식으로 노력하는 사람들, 다문화 아이들을 위해 사회적 기업을 만들고 언젠가 학교를 만들겠다는 꿈을 가진 진정한 고수들이 이곳에 있었다. 그밖에도 다양한 이유들로 귀촌을 감행하여 자신만의 속도로 삶을 아름답게 가꾸어가는 사람들을 많이 만날 수 있었다.

옆 동네 가듯 떠나는 살아보기 여행

이번 여행을 통해 지리산의 둘레길 만큼이나 많은 인생의 길이 이곳 남원에, 사람들 속에 있음을 알게 되었다. 그 길들은 모두 의미가 있고 다양한 삶의 방식이 있으며 어느 길을 선택하든 인생에는 많은 것들이 기다리고 있으리라는 생각이 들었다. 모두 산꼭대기로 향하는 가파른 길을 선택하지 않고 완만한 둘레길을 천천히 걸어가도 산을 충분히 즐길 수 있다는 것을 알게 되었다.

이제 나도 안식년을 끝내고 인생 후반전을 위한 준비를 조금씩 해야 할 것 같다. 나에게 맞는 길을 찾으려면 지리산 둘레길도 앞으로 여러 번 걸어봐야 할 것 같다. 그렇게 걷다보면 나에게 걸맞은 둘레길 구간을 찾든지 아니면 숲속에 숨어 있는 조그마한 나만의 작은 오솔길이라도 발견하겠지.

이번 여행을 시작할 때 사실 귀촌은 나에게 머나먼 단어였다. 하지만 이곳에서 만난 사람들이 들려준 이야기가, 그들의 시골에서 느리게 걷는 삶이, 그리고 내가 마주한 남원과 지리산의 멋진 풍광이 나에게 한 번쯤 이곳에 살아보라고 자연스럽게 얘기하고 있다. 귀농·귀촌을 거창하게 생각하지는 않을 생각이다.

서울에서 옆 동네로 이사 가는 마음으로, 여행간다는 가벼운 마음으로 일단 잠깐 살아볼 마음으로 떠날 생각이다. 한 달 살기의 영역을 해외에서 국내, 그것도 남원·지리산으로 넓혀볼 생각이다.

때로 뜻밖의 우연이 운명을 이끈다는 말이 있다. 젊은 변호사 간디는 남아프리카공화국에 가게 되었다. 고객의 배려로 일등석을 타고 가던 중 차장이 인도인 간디에게 일등석에서 화차로 옮기라고 요구했다. 간디는 그 지시를 거부한 대가로 기차에서 쫓겨나 추운 마리츠버그역에서 꼬박 하룻밤을 지새우게 된다.

마리츠버그역에서 밤을 새우며 간디는 억압과 차별을 받는 인도인들에 대해 생각하고 이들을 위해 싸우겠다고 다짐을 한다. 그 사건 이후 위대한 지도자 간디가 탄생하게 된다. 내 인생 후반전을 바꿀 운명의 마리츠버그역은 과연 어디일까? 3박 4일 짧지만 의미 있는 여행을 끝내고 서울 가는 기차를 기다리며 남원역이라 쓰인 이정표 앞에서 문득 그곳이 궁금해졌다.

남원여행 필수 Tip

남원 투어패스

'남원춘향 사랑권'을 이용하면 7개 관광지 입장료(광한루원, 춘향테마파크, 항공 우주천문대, 지리산 허브랜드, 남원랜드, 수지미술관, 백두대간 생태교육전시관)가 무료이고 맛
집, 숙박, 체험장에서 할인 혜택을 받을 수 있다. 투어패스는 1인 1매당 온라인(모바일형) 4,900원, 오프라인(카드형) 5,000원으로 정상가의 80%를 절약할 수 있다. 구입은 쿠팡, 티몬 등 인터넷 쇼핑몰과 광한루원, 남원역, 종합안내센터에서 오프라인 구입도 가능하다.

◎ 문의 : 남원시청 관광과 (063)620-6165

남원에서 안 보면
정말 후회할 여행지!

혼불문학관

혼불문학관이 있는 사매면 노봉마을은 소설 『혼불』의 주 무대다. 혼불문학관은 크게 전시관과 교육관으로 구성되어 있다. 전시관에는 작가가 원고를 쓸 때 사용했던 자료들이 전시되어 있다. 한편에는 『혼불』에 나오는 주요 장면들을 디오라마 형식으로 자세히 구성해 놓아 소설에 대한 이해를 높일 수 있도록 했다. 혼불문학관에서는 작가의 정신을 기리고 소설 『혼불』을 깊이 들여다볼 수 있도록 해설사의 해설 안내를 진행하고 있다.

◎ 주소 : 전북 남원시 사매면 노봉안길 52
◎ 개관시간 : 하절기 평일 09:00~18:00 동절기 평일 09:00~17:00
(매년 1월 1일, 매주 월요일 휴관)

인생 샷 핫플 서도역!

서도역은 소설 『혼불』의 배경지이자 전라선의 산성역과 오수역 사이에 작은 간이역으로 1934년 지어진 목조역을 그대로 복원했고 이제 더 이상 기차가 다니지 않는다. 주변 풍광이 아름다워 영화나 드라마 촬영지로 인기가 높다. 최근 드라마

<미스터 션샤인>의 촬영지로 유명해져 인생 샷 찍기 좋은 간이역으로 주목받고 있다. 남원의 숨은 보석 10선으로도 선정되었고 지역 주민들을 위한 문학회나 음악회 공공 프로젝트 장소로 이용되고 있다.

◎ 주소 : 전북 남원시 사매면 서도길 32

숲이 들려주는 이야기 서어나무숲

인공의 요소를 최대한 배제하고 자연 그대로를 보존한 서어나무숲은 남원시 운봉읍 행정마을에 있다. 200년 전 주민들이 만든 인공 숲으로 2000년 제 1회 아름다운 숲 대회에서 대상을 수상한 곳이다. 서어나무는 회색빛의 자작나무과 낙엽 교목으로 표면은 울퉁불퉁하다. 더운 여름에도 15도를 유지할 정도로 시원하며 산책로가 만들어져 편하게 걸을 수 있다. 남원의 숨은 보석 10선으로 지정되었다.

◎ 주소 : 전북 남원시 운봉읍 행정리 205-1

남원하면 광한루원

춘향이의 도시 남원에는 올해 600주년을 맞이한 광한루원이 있다. 광한루는 1419년 황희 정승이 남원으로 유배되어 왔을 때 누각을 짓고 산수를 즐겼던 곳이다. 이 광한루를 중심으로 오작교와 달나라를 즐기기 위해 세운 완월정이 있다.

진정한 월궁 세계 광한루의 진가를 알고 싶다면 야간투어를 추천한다. 네 개의 반원형 교각이 아름다운 오작교는 함께 건너면 사랑이 이루어진다는 전설이 있다. 매년 5월 춘향제가 성대하게 열리며 다양한 행사를 즐길 수 있다.

◎ 주소 : 전북 남원시 요천로 1447
◎ 개관시간 : 4월~10월 (08:00~ 21:00), 11월~3월(08:00~ 20:00)

다크 투어리즘 만인의총

만인의총은 정유재란 당시 남원성을 지키다 순국한 의사 1만여 명의 설움과 한이 묻힌 곳이다. 남원성과 전주성을 공격한 왜군에 맞서 4천여 병사와 6천여 성민이 끝까지 애썼지만 모두 순절했다. 원래 남원역 인근에 이들의 시신을 합장했던 것을 1964년 이전하여 지금에 이르렀으며 사적 제 272호로 지정된 국가지정 문화재이다.

◎ 주소 : 전북 남원시 만인로 3
◎ 개관시간 : 09:00~18:00 (매주 월요일 휴무)

소리의 본가 국악의 성지

춘향전과 흥부전의 배경이 되었으며 동편제의 고장이기도 한 남원 소리의 본가를 찾는다면 국악의 성지를 가야 한다. 운봉에 설립된 국악의 성지에는 국악선인 묘역인 사당과 전시관, 공연장 등이 있어 남원을 찾는 이들에게 국악의 혼과 얼을 알려주고 있다. 전시관에는 판소리의 연대와 국악기의 역사를 볼 수 있으며 직접 국악기 제작, 판소리 체험, 연주를 해볼 수 있다.

◎ 주소 : 전북 남원시 운봉읍 비전읍 69
◎ 개관시간 : 09:00~18:00 (매주 월요일, 신정, 설날, 추석 휴관)

만복사저포기의 배경지 만복사지

만복사지는 남원역에서 도보로 20분쯤. 남원 시내로 들어가는 길목에 있다. 만복

사라는 이름은 정성으로 기도를 드리면 누구나 복을 받을 수 있다는 뜻이다. 우리나라의 가장 오래된 한문 소설 김시습의 금오신화 '만복사저포기'의 무대로 알려져 있다. 만복사지는 남원의 숨은 보석 10선에 선정되었다.

◎ 주소 : 전북 남원시 만복사길 10-3
◎ 개방시간 : 연중무휴 상시개방

> "
> 반야봉 정상에 걸터앉아 쉬고 있던
> 어느 날, 깊은 골짜기 어디선가 속삭이듯
> 바람결에 실려 오는 지리산의
> 목소리를 듣게 되었다.
> 농촌과 산촌의 삶에 대한 동경을
> 실천하라는 목소리였다.
> "

차관병

새벽 5시에 여명과 함께 수많은 사람들이 일터로 향한다. 차들도 앞 다투어 경적을 울리며 길을 재촉하고 교통 정리하는 모범 운전기사님의 호루라기 소리와 손짓이 이어진다. 신중년이 되기까지 겪지 못한 낯선 삶의 현장이다. 소박하지만 소중한 꿈을 향해 일터로 향하는 사람들이 모두 행복한 세상이 되기를 바란다.

귀촌하려거든 지리산부터 걸어 보라

내려가기 위한 연습

대학 졸업 후 진로를 확정짓지 못한 상태에서 임시방편으로 사교육에 종사하게 되었다. 대학 다닐 때 교직 이수라도 해놓을 걸, 아쉬움이 든 건 아이들 가르치는 일이 너무 재미있었기 때문이었다. 아마이럴 때 쓰는 말이 '천직'이 아닐까. 잠시 들르는 휴게소라는 생각이 무색할 만큼 가르치는 일은 평생 생계를 책임지고 또 가정을 이루고 살 수 있게 해 주었다.

학원 강사로 시작해서 직접 학원을 운영하기도 했지만 한참 학원이 잘되어 자리를 잡을 즈음 IMF 외환위기를 만난 이후로는 개인 과외

교사로 학생들에게 수학을 가르치며 지내왔다.

그러면서도 항상 개운치 않은 것이 있었다. "교육이냐 사업이냐?"라는 물음에 시원한 답을 찾지 못하고 갈등해 온 게 솔직한 고백이다. 공교육의 붕괴, 또는 사제지간의 존경과 사랑은 옛말이 되었으니 사교육에서 스승 대접받는 게 어디냐는 위안을 찾으며 경제 활동의 한 방편으로 합리화해 왔으나 정도는 아니라는 생각을 지울 수 없었다. 여러 학생들을 명문대에 진학시키기도 했지만 교육의 본질은 대학 진학이 아님을 알기에 인성교육에 힘쓸 수 없는 사교육의 한계에 대해 회의적인 생각을 버릴 수 없었다. 지난 세월에 대한 아쉬움보다는 성장하여 사회 곳곳에서 한몫을 하는 제자들을 보면 그들이 나를 기억하든 안 하든 내심 흐뭇하다.

청출어람이란 이런 것이라고 생각하며. 왜곡된 교육 현장에서 내 나름대로 열심히 임했다고 자부한다. 치열한 경쟁은 학생뿐이 아니다. 사교육 시장에서는 선생도 치열하게 경쟁해야 한다.

나 스스로는 그런 경쟁 의식으로 임하지 않았다고 내 편한 식으로 생각해 왔지만 '50+'의 한 사람으로서 정점에서 물러나는 게 아니라 다소 밀려나는 분위기를 감지하게 되었다. 변화를 모색한 게 늦은 감은 있지만 그렇게 새로운 길을 찾아야 할 지점에 서 있는 시기다. 그러던 와중에 서울시도심권50플러스센터를 통해서 지리산을 다시 만나게 됐다.

남원·지리산 여행에서 길섶갤러리와 지리산구절초영농조합법인을 이끌고 있는 강병규 대표를 만났다. 귀농한 지 벌써 14년째. 길섶갤러리는 강 대표가 지리산을 다니며 찍은 사진을 전시하는 공간으로 황토방 숙박시설을 갖추고 있어서 지리산 둘레길을 찾는 탐방객들에게 안식처를 제공하고 있다.

강 대표는 경관을 상품화하는 '경관농업(景觀農業)'의 꿈을 갖고 귀농했는데 이를 위한 첫 도전이 바로 지리산 둘레길에 구절초를 심은 것이다. 아름다운 꽃길을 가꾸고 여기서 자란 구절초로 차와 한약 재료

지리산구절초영농조합에서는 지리산 둘레길에 구절초를 심어 아름다운 꽃길을 가꾸고 여기서 자란 구절초로 차와 한약 재료를 만들어 판매하고 있다.

를 만들어 판매하고 있다. 이 일을 하는 곳이 바로 지리산구절초영농조합법인이다.

서울의 대기업 IT 기획부서에서 일하던 강 대표는 도시 생활에 대한 염증을 느끼거나 미래에 대한 불확실성에 회의감이 들 때마다 서울을 훌쩍 떠나 지리산을 찾곤 했다고 한다. 수려한 풍경을 뽐내는 설악산도 있고 바다 건너 많은 사람들이 찾는 제주도 한라산도 있건만 굳이 지리산을 찾은 이유는 무엇이었을까?

누군가 내게 그런 질문을 한다면 나는 "모든 허물을 덮어주고 따뜻하게 감싸 안아 주는 어머니 같은 산이기 때문"이라고 답을 했을 것이다. 강 대표의 답은 간단했다. "그냥 편했다." 그냥 지리산이 좋았다며 털털한 시골 아저씨의 미소를 머금고 말했다.

현대사의 상처를 안고 있으면서도 포용하고 용서하며 지혜를 주는 산, 역동적이면서도 여유로운 지리산의 매력 때문이 아니었을까. 그는 지리산에 올 때마다 반야봉 정상에 앉아 산 아래를 굽어보고 또 저 멀리 천왕봉을 바라보는 것을 좋아했다. 그러고 나면 도시 생활에서 받은 스트레스가 사라지고 간신히 숨을 쉴 수 있었다.

반야봉 정상에 걸터앉아 쉬고 있던 어느 날, 강 대표는 깊은 골짜기 어디선가 속삭이듯 바람결에 실려 오는 지리산의 목소리를 듣게 되었다. 농촌과 산촌의 삶에 대한 동경을 실천하라는 목소리였다.

조직 내 가장 핵심적인 위치에서 왕성하게 일해야 할 40대 초반, 그는 지리산의 부름에 응답하고 과감히 도시와 작별했다. 가족들의 반대와 주변 지인들의 만류도 많았지만 선택의 순간 그는 흔들리지 않았다. 지리산 같은 뚝심으로 자신이 꿈꾸던 삶을 진행했다.

도시 생활이 익숙한 아내에게는 늘 미안한 마음이다. 아내에게 고생 끝에 올 낙을 언제쯤 맛보게 해 줄지 기약은 없다. 아내의 볼멘소리를 들으면서도 여윳돈이라도 생기면 온전히 마을 사업에 재투자하며 처음에 생각한 그림을 완성하기 위해 한 걸음, 한 걸음 나아가고 있다. 투덜대면서도 함께 해 주는 아내에게 진심으로 고맙다고 말하는 강 대표는 여덟 살짜리 딸과 함께 어머니를 모시며 3대가 길섶에서 살고 있다. 아마도 강 대표는 반야봉이 아닌 지리산 어떤 봉우리에 앉았더라도 그 부름을 들었을 것이다. 사람은 누구나 살면서 어떤 계기를 만난다. 그게 자연환경일 수도 있고, 사람일 수도 있고, 경우에 따라서는 우연한 사건이 될 수도 있다.

반야봉 정상에서 귀촌을 결심한지 14년이 지난 강 대표는 이제 지리산 지킴이가 되어 도시의 직장생활보다 훨씬 가치 있는 삶을 살고 있다고 자부하고 있다. 한참 시간이 지난 후 나는 내가 하는 일을 통해 행복하게 살며 나 스스로 가치 있는 삶을 살았다고 자부할 수 있을까?

지리산은 어떤 산이기에 한 사람의 인생을 바꾸었을까? 지루하기 그지없고 가도 가도 깊은 산속으로 빠져드는 것만 같은 산이 지리산이

다. 멀리 바라보아도 끝없이 펼쳐진 산세만 보이는 지리산 산행은 화려한 풍경을 만난다기 보다는 한없이 깊은 심연으로 빠져드는 과정일 것이다. 그러한 지리산에서 우리는 치유와 힐링을 경험할 수 있다. 지리산은 나도 둘째가라면 서러울 정도로 좋아하는 산이다. 20대, 30대 때는 극기 훈련을 한다는 생각으로 화엄사에서 천왕봉을

지리산은 모든 허물을 덮어주고 따뜻하게 감싸 안아 주는 어머니 같은 산이다.

거쳐 대원사로 하산하는 종주코스를 완주했다. 신혼의 단꿈도 마다하고 며칠 일정의 종주 길에 나선 적도 있으니 간난 아이와 함께 힘들어 했을 아내에게 미안한 마음이 뒤늦게 든다.

언제든지 다시 기회가 주어진다면 나는 지리산을 갈 것이다. 지리산은 내게 젊음이요, 성장이요, 우정과 사랑이 있는 산이다.

언제든지 다시 기회가 주어진다면 나는 지리산을 갈 것이다.
지리산은 내게 젊음이요, 성장이요, 우정과 사랑이 있는 산이다.

지리산은 산행을 하는 동안 온전히 산속에 안길 수 있는 몇 안 되는 산이다. 사치스럽지 않게 웅장한 산이다. 웅장하면서도 따뜻하며 또한 검소한 산이다. 어머니와 같은 산이다.

지리산에는 검소하나 누추하지 않은 사람이 살고 있다. 적게 벌지만 검소하고, 자연과 함께 공존하는 만큼 양보하고 순응하며 조화를 이룰 줄 아는 사람이 살고 있다. 그런 사람을 만날 수 있는 산이다.

사람보다는 돈을 좇는 사회, 서로 소외시키고, 소외당하며 사람이 수단이 되는 사회, 우울하고 외로운 사람들이 많은 사회. 내 편이 아니면 적이므로 서로 짓밟도록 훈련받는 사회에서 우리는 얼마나 고통스러운가. 거대한 기계의 부품이 되는 삶을 거부하고 지리산의 품을 찾아 떠나온 또 한 사람이 있다. 사단법인 숲길 인월센터의 장준균 사무국장이 그 주인공이다.

생명을 만나고, 고향을 만나고, 나를 만나는 시간

장 국장은 서울에서 실상사의 귀농학교 프로그램을 통해 지리산에 온 10년차 귀농인이다. 그는 귀농·귀촌을 염두에 두고 있는 사람들에게 실제 실행하기 전에 지리산 둘레길을 걸어보며 준비하는 시간을 꼭 가지도록 권유했다.

현재 농촌은 흔히 생각하는 시골의 정취와는 동떨어져가고 있음을, 순박한 이미지나 인심 좋다는 것을 느끼기에는 지나치게 도시화되어가고 있음을 안타까워했다. 정작 자신도 농촌이 그리워 귀농했지만, 귀농·귀촌을 말하는 사람들에 대해서는 늘 조심스럽다. 자신의 경험담을 바탕으로 신랄한 경고성 조언도 마다하지 않고 있다.

칠순이 넘은 노모가 명절 때 시골집에 내려온 딸에게 농약을 사용했다고 타박을 받았다는 이야기를 하며 친환경 유기농 농산물로 식탁을 차리는 것이 얼마나 힘든 일인지 도시 사람들은 잘 모르고 있다고 지적했다. 직접 정성껏 지어낸 농산물을 보따리에 싸서 5일장 한 귀퉁이에 쪼그리고 앉아 하루 종일 장사를 하거나 등산로 초입에서 직

"새로운 농촌문화를
함께 만들어 나갑시다"

장준균 ● 지리산 숲길 사무국장

Q 교육을 위한 귀농·귀촌에 대해 어떻게 생각하는지요?

A 시골 아이들이 쌀보리를 모릅니다. 걷지도 않고 흙도 안 밟아요. 모두 집에서
인터넷 게임하고 있죠. 자기가 뿌리내리고 사는 흙의 영향을 받지 않고 도시
아이들처럼 인터넷의 영향을 더 많이 받고 있어요. 아이들의 교육 환경에 좋
다고 귀촌하는 것은 확신할 수 없습니다. 다행히 숲 체험 및 해설 프로그램이
많이 생겨서 아이들의 정서 함양에 노력하고 있고 대안학교도 있으니 부모님
들의 노력이 필요하다고 생각합니다.

Q 귀농·귀촌을 꿈꾸는 사람에게 하고 싶은 말은?

A 귀농·귀촌인들이 지역에 정착하는 과정에서 지역민과 갈등을 겪는 경우가 많
습니다. 마을은 주민들의 일터이기도 하기에, 귀농인들이 꿈꾸는 여유 있는 삶
은, 공단 한 편에 지어진 별장 같은 모습이 되어버리는 셈이었죠. 이런 문화
적 괴리를 충분히 인정하는 것이 중요합니다. 토착민들과 함께, 새로 가꾸어
가야할 공동체와 문화에 대해 꾸준히 지혜를 모아가는 끈기와 의지가 필요합
니다.

접 채취한 산나물 파는 할머니를 보면서 도시 사람들이 그들의 수고를 소중하고 생각하고 기꺼이 대가를 지불하게 될 때 농촌의 의미도 새롭게 다가올 수 있을 것이다.

그는 귀농·귀촌하는 사람들이 새로운 공동체 문화를 창조해 나가길 희망했다. 지리산 둘레길을 통해서 자연과 함께 하며 걷기를 통해 자기 자신을 찾는 생명평화운동을 이어가고 있다. 새로운 문화가 정착되려면 많은 시간이 필요하다. 적어도 50년의 세월을 지속한다면 우리 뒤의 귀농·귀촌 세대가 중심이 되어 새로운 농촌 공동체 문화를 만들어 나갈 수 있을 것으로 보고 있다.

사단법인 숲길은 1990년대 말 좌우대립 전쟁 일촉즉발의 시기에 도법스님과 수경스님 두 분이 생명평화 탁발순례를 하면서 당시 함께 했던 시민단체를 주축으로 만들어진 단체다. 숲길에 일하고 있는 장 국장은 최저시급의 박봉에 경제적으로는 힘들지만 생명을 만나고 고향을 만나고 끝끝내 나를 만나는 여행을 통해 생명평화운동을 실천하고 있다.

다른 사람의 역할로 사는 소외된 현실을 극복하고 자기 몸을 움직여 자기 의지로 자신의 삶을 통해 행복에 이르는 길은 무엇일까? 그런 의문을 가졌다면 지리산 둘레길을 걸어보자.

초심자를 위해 추천하는 첫 지리산 둘레길, 인월-금계 3코스

가수 폴 킴의 노래 〈모든 날 모든 순간〉을 듣다 보면 지리산이 떠오른다. 바람 좋은 날, 햇살 눈부신 어떤 날 지리산으로 떠나보자. 정상 정복을 목표로 하는 종주는 이제 젊은 세대에게 양보하고 지나온 삶을 돌아보며 현실을 직시하고, 미래를 꿈꾸며 사색할 수 있는 느린 걸음의 둘레길 걷기는 어떨까.

나이 들어 떠나는 첫 지리산이라면 전체 지리산 둘레길 구간 중에서 처음 개방된 인월에서 금계에 이르는 총 19킬로미터 구간의 3코스를 추천한다. 바래봉을 옆으로 두고 천왕봉을 바라보며 걸을 수 있는 절경의 코스다. 구간이 긴 편이므로 일정이 여유롭다면 인월~매동마을/매동마을~금계마을로 나누어 걷는 것도 좋다.

전라북도 남원시 인월면과 경상남도 함양군 마천면 금계마을을 잇는 19킬로미터의 지리산 둘레길 인월~금계 구간은 지리산 둘레길 시범구간 개통지로 다랭이 논과 6개 산촌마을을 지나 엄천강으로 이어지는 길이다. 제방길, 농로, 차도, 임도, 숲길 등이 전 구간에 골고루 섞여 있고, 또한 제방, 마을, 산과 계곡들도 고루 느낄 수 있다.

필수 휴대품은 등산스틱, 물, 간식, 그리고 조금의 현금이다. 스마트폰만 있으면 무엇이든 원하는 것을 살 수 있는 세상이지만 걷는 도중에 만나는 인심 좋은 구멍가게 아주머니에게서 카드 결제기를 기대하는 것 또한 억지가 아닐까?

구인월교에서 곧게 뻗은 가로수와 계곡, 논길을 걷고 나면 중군마을을 만난다. 마을 사람들과 눈인사도 나누고 때에 따라서는 엉덩이 무거운 척 눌러 앉아 한가로이 간식을 나눠 먹으며 담소를 나누는 것도 좋은 추억이 될 것이다.

중군마을을 지나면 산길(배너미재)이 시작된다. 장항마을 사람들이 인근 마을로 가거나 풍개를 사 먹으러 다녔던 추억이 있는 고갯길이다. 햇볕은 내리쬐고 제법 경사도 느껴지지만 세상 풍파를 겪은 신중년에게 이 정도는 가벼운 산책길로 느껴질 것이다.

언덕에 올라서면 걸어온 둘레길을 한눈에 되돌아 볼 수 있다. 지리산 봉우리들이 하늘과 구름과 함께 한 폭의 그림을 펼쳐놓고 있다. 계속 숲길을 걷다보면 장항마을 소나무 당산을 만나게 된다. 둘레길에서 만나는 마을 유산으로 지금도 산신제, 당산제를 지내고 있다고 한다. 당산 소나무를 등지고 내려오면 카페, 우체국, 매점이 있다. 둘레길가의 카페는 일요일, 월요일 쉬는 곳이 많으므로 꼭 방문하고 싶은 곳이 있다면 사전에 확인해 보는 것이 좋다.

이제부터는 바래봉을 바라보며 걷는 길이다. 도중에 천왕봉 조망이 가능한 매점이 있는데 오고가는 둘레길 동반자들의 쉼터로써 산들바람이 아주 시원하게 느껴지는 곳이다.

한 시간을 더 가면 등구재가 나온다. 다랭이 논이 부채처럼 펼쳐진

지리산 둘레길

📍 삼신암 경유

19.8km

구인월교 2.1km 중군마을 0.8km 황매암갈림길 1.1km 수성대입구 0.3km

수성대 0.8km 배너미재 1.1km 장항마을 2.5km 서진암 3.5km

상황마을 1.0km 등구재 3.1km 창원마을 3.5km 금계마을

📍 황매암 경유

20.5km

구인월교 2.1km 중군마을 2.9km

수성대 0.8km 배너미재 1.1km 장항마을 2.5km 서진암 3.5km

상황마을 1.0km 등구재 3.1km 창원마을 3.5km 금계마을

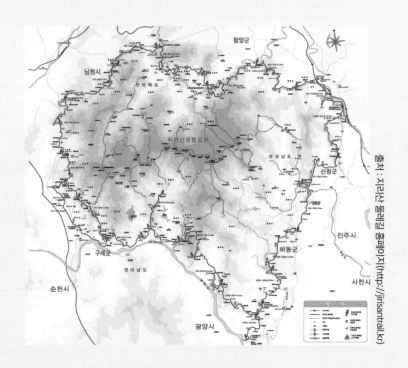

출처 : 지리산 둘레길 홈페이지(http://jirisantrail.kr)

모습이 매우 인상적이다. 아마도 가을철 벼이삭이 고개를 숙일 때 즈음이면 황금빛으로 더욱 아름답지 않을까!

배꼽시계가 울리고 무릎 관절이 시큰거릴 즈음 부부가 운영하는 등구령 쉼터가 반갑게 맞아준다. 모형 물레방아도 돌고 길냥이들이 제세상인양 경계감 없이 사람과 어울려 사는 곳이다. 등구령 쉼터에서쉬게 된다면 지리산곰보배추막걸리(곰배막걸리)와 파전, 그리고 산채비빔밥을 꼭 먹어보라고 강력히 추천한다.

고진감래(苦盡甘來), 이제부터 걷는 길은 축복이다. 물론 힘든 오르막길을 올라야 하지만 그에 대해 충분한 보상을 해준다. 천왕봉과 나란히 걷는 멋진 길, 세상사 모두 내려놓고 당장 와서 살고 싶은 마음을갖게 만드는 길이다.

창원마을, 금계마을에 이르는 막바지 여정은 가능한 느지막이 진행하는 것을 추천한다. 해가 저물어 갈 즈음 지리산과 어우러진 저녁노을의 아름다움은 또 하나의 인생샷이 될 게 분명하기 때문이다.

오늘 내가 걸은 길, 나아가 신중년이 지금까지 살아온 인생 여정을되돌아보는 시간을 갖는다면 좀 더 빛나는 인생을 살게 되지 않을까.

> 한 살, 한 살 나이가 든다는 것은
> 세상에 대한 지혜를 얻고 의미 있는 시간을
> 찾게 하는 자연의 섭리이다.
> 자연스럽게 고향을 그리워하거나
> 귀촌을 꿈꾸는 것도 같은 맥락이리라.

이은정

해외여행이 낯설던 시절 변변치 않은 영어 실력은 아랑곳 하지 않고 첫 해외여행으로 혼자 40일간 배낭여행을 떠났던 무모함. 그때 즐겼던 무모함이 뿌리가 됐을까? 무역 일을 하며 20여년을 신나게 먹고 살았다. 요즘은 또 다른 무모함으로 설렌다. 평생 익숙했던 대도시에서 벗어나 낯선 지방소도시 에서의 삶을 꿈꾼다. 소소한 행복이 있는 곳, 그곳에 나를 맡겨 보려 준비 중이다.

오감만족, 더할 나위 없는 남원

내 삶은 행복했을까?

나는 부산에서 태어나 지금 서울에 산다. 내 나이 또래 대부분이 그렇듯 대학 졸업 후 쉼 없이 치열하게 직장을 다녔다. 수출 관련 일을 하다 보니 미국과의 시차 때문에 밤낮 없이 일을 해야 하는 날들도 많았지만 일을 하지 않으면 세상이 무너지는 듯 앞만 보고 달렸고 남들보다 승진도 빨랐다. 몸에 밴 익숙한 습관처럼 열심히 직장을 다니다보니 20년이 훌쩍 넘었다. 그러다 치열한 직장생활에 갑자기 싫증이 났다. 임원 직위, 높은 연봉 등 나름 열심히 잘 살고 있다고 생각했는데 오롯한 나의 것이 아무 것도 없었다. 회사를 그만두었다.

그리고 올해 쉰 살이 되었다. 재미있는 것은 요즘 사람들을 만나면 다들 나를 보고 '신중년'이라고 한다는 것이다. 뭔가 대단한 것처럼 들리는 말이다. 중년이라 하면 왠지 허허롭고 사그라지는 느낌인데 '신중년'은 그것과는 조금 다른 느낌이라 싫지 않다.

그런데, 신중년이 도대체 뭐지? '자기 자신을 가꾸고 인생을 행복하게 살기 위해 노력하며 젊게 생활하는 중년을 이르는 말'이라고 국어사전에 나온다. '행복하게 살기 위해'에 방점이 찍힌다.

내 인생의 절반 동안 몸과 마음을 쏟았던 직장 생활에서 나는 행복했었나. 돌아보면 얻은 것은 많았지만 굳이 행복까지는 아니었던 것 같다. 내가 행복해지려고 칼로 무 베듯 미련 없이 퇴사할 수 있었고 그래서인지 나는 요즈음 지금까지와는 다른 살이에 마음이 간다.

여기서 살아 보면 어떨까?

평생을 대도시에서만 맹렬히 살아서 그런지 그동안 경험해 보지 못한 푸근하고 정겨운 시골 감성에 자꾸 마음이 끌린다. 바람결에 향긋한 나무 내음이 흥건히 묻어나는 시골 산자락이나 투박한 사투리에 인심 좋은 지방 소도시에서 살아 보는 건 어떨까? 재촉하지 않고 흘러가는 대로 느린 삶을 살며 그 속에서 하나하나 느껴가는 나의 행복. 생각만으로도 마음이 들뜬다. 당장이라도 서울을 떠나야 할 것 같은 즐거운 마음으로 후보지를 찾아본다.

일단, 번잡스러운 큰 도시는 제외하고 조용하고 한가로운 지방 소도 시면 좋겠다. 형제자매 등 가족들이 많이 살고 있는 서울에서 너무 멀지 않아야 한다. 경치 좋은 산이 있으면 좋겠는데 보기만 좋은 산 은 별로다. 멋진 절경 산수화 같은 깎아지른 산 말고 운동 삼아 슬슬 산책하듯 걸을 수 있는 산이 있으면 좋겠다. 욕심이지만 한적한 도시 에 바다나 강처럼 물도 있으면 금상첨화다.

현실적으로 내가 부담 없이 살 수 있을 만큼 물가나 거주비도 적당해 야 한다. 생각보다 조건이 많지만 이런 조건에 맞는 몇몇 도시가 떠 오른다.

한라산과 바다가 있는 제주도? 1년 내내 관광객으로 넘쳐나고, 비싼 물가, 비행기로 이동해야 하는 게 영 맘에 들지 않는다.

설악산과 동해바다가 있는 강원도? 여기도 관광객들로 번잡스럽긴 마찬가지. 더구나 설악산을 비롯해서 태백산맥 줄기의 거친 산들은 보기엔 그림 같지만 산책 삼아 걷기엔 무리다.

남해바다가 있는 경상도? 경상도 소도시로 가기에는 교통이 만만하 지 않다. 거리가 멀고 이동시간이 길어 탈락이다.

지리산 근처 전라도는? 지리산만 있으면 조금 심심할텐데 마침 섬진 강도 흘러 예로부터 명당자리라는 배산임수.

전라도 소도시도 너무 멀지 않을까 하는 생각에 알아보니 KTX로 딱 2시간 거리에 남원역이 있다. 서울에서 2시간이라니! 남원이 이렇게 가까웠나? 거리에 대한 심리적 부담도 훨씬 덜하고 어머니의 산이라는 지리산 둘레길이 시작되는 곳이라 마음에 쏙 든다.

산과 강이 있어 사람이 살기 좋은 자연환경, 서울과 멀지 않지만 순박한 사람들이 사는 한적한 작은 도시, 적당한 물가. 내가 원했던 모든 조건에 다 맞아 떨어지는데 사람의 욕심은 끝이 없어서 마음 한구석 걸리는 것이 있다.

대도시에서 정신없이 살면서도 많은 단점을 감내하게 하는 것 중 하나가 문화생활이다. 지친 대도시 생활에서 내가 메말라 바스라지지 않고, 풍요롭게 살아갈 수 있는 것은 다양한 문화생활 덕분이니 이 또한 생활의 필수 조건이다.

남원은 지방 소도시이니 문화적인 면에서 아쉬움이 있지 않을까? 남원이라고 하면 춘향전이 떠오를 정도로 그저 옛 이야기의 배경 정도로 여겨졌던 곳이다.

그런데 이제 내게 남원은 더 이상 옛 이야기 속 춘향의 도시가 아니다. 내가 가서 살 수도 있는 곳, 내 생활이 있을 곳이라 생각하니 직접 눈으로 보고 문화를 느껴봐야겠다는 생각이 들었다.

김병종미술관, 숲이 미술이 되다

여기서 살아보면 어떨까 하는 관심을 갖고 보니 이곳저곳 내가 몰랐던 남원의 매력이 차고 넘치게 보인다. 춘향 하나에 가려져 있던 팔색조 매력이 서서히 드러난다. 소리, 미술, 문학, 요리. 빠지는 것 없이 오감을 만족시키는 모든 것을 느끼고 경험할 수 있는 곳, 내가 미

남원시립김병종미술관은 남원 출신 김병종 작가가 대표작 400여점을 기증하고
남원시가 건립한 미술관이다.

생명작가로 불리는 김병종 작가는 생명에 대한 경외심을 의외의 천진난만한 시선과
알록달록한 색감으로 표현하고 있다.

처 몰랐던 남원의 진가이다.

조급한 마음을 버리고 느긋하게 하나하나 살펴보니 보는 만큼 보이고 찾는 만큼 찾아진다. 남원시립김병종미술관이 그렇다. 예전 직장 생활을 할 때 출장이나 휴가로 해외에 나갈 때면 틈틈이 시간을 내서 미술관을 방문하곤 했다.

미술에 대한 전문적인 지식이나 작품에 대해 높은 안목이 있는 것도 아니었지만 팍팍한 생활에 지칠 때면 작은 그림 한 점에서 문득 큰 감동과 위로를 받곤 했다. 그것이 내가 미술관을 찾는 이유이다.

남원시의 핫 플레이스인 남원시립김병종미술관은 남원 출신 김병종 작가가 기증한 대표작 400여점으로 남원시가 건립한 미술관이다. 남원 시내에 위치해서 큰맘 먹지 않아도 쉽게 갈 수 있는 접근성 좋은 미술관이다. 계단식 인공 연못을 품은 현대적인 외관이 주변 숲과 어우러져 미술관 건물 자체가 숲 속의 거대한 미술작품으로 보일 정도였다. 하늘이 그대로 내려앉은 듯한 계단식 연못가에 앉아 한숨 돌리기만 해도 마음이 아늑해졌다.

미술관으로 들어가기 위해 길 양 옆의 계단 연못을 지나면서 찰랑거리는 맑은 물과 동글동글 자갈돌들을 보는 것만으로도 마음속의 번잡함이 사라진다.

편안해진 마음으로 미술관에 들어서 마주하는 갤러리1은 김병종 작가의 상설전시실이다. 생명작가로 불리는 김병종 작가는 살아있음에 대한 소중함, 생명에 대한 경외심을 천진난만한 시선과 알록달록한 색감으로 풀어냈다. 생명이라는 어려운 주제를 고고하거나 심각하지 않게 표현해서 더욱 친근하고 마음에 와 닿았다.

다양한 체험 프로그램을 진행하는 2층 다목적 홀을 지나면 만나게 되는 갤러리2와 갤러리3은 기획전시실인 만큼 작가들의 가치관과 의도가 잘 드러나는 작품들로 가득하다.

다양한 체험 프로그램을 진행하는 2층 다목적홀을 지나면 기획전시실인 갤러리2와 갤러리3을 만날 수 있다. 그리고 곧 이어 이 미술관의 백미라고 할 수 있는 핫하면서도 은밀한 힐링 스팟이 나타난다.

막다른 콘크리트 벽 뒤쪽으로 들어섰을 때 느꼈던 감동의 울림이 아직도 얼얼하다. 액자 같은 전면 유리창에 거대한 작품처럼 가득 들어차 있는 지리산 능선, 하늘과 구름. 훅 나타나는 아름다운 풍경에 놀랐다. 자연이 작품이 되는 순간이었다. 유리창 앞에 붙어 서서 감상하다가 두어 걸음 물러나 긴 의자에 앉아 숨을 고르고 다시 보니 지리산 자락이 거대한 작품으로 다가왔다. 내게 최고의 작품이었다. 물끄러미 '작품'을 보고 있노라니 어머니의 품속에 있는 듯 평안하다. 세속적인 근심, 걱정이 소소해지고 자신감과 용기에 세상 못할 것 없을 것 같은 든든함이 생긴다. 예상하지 못했던 갑작스런 감동과 치유의 시간에 코끝이 찡해지며 감사한 마음이 들었다.

너무 맛있어서, 미안커피

미술관에 온 목적이 어느 정도 달성되었지만 아직 끝이 아니다. 갤러리들을 모두 둘러보고 연못 돌다리 건너 있는 북카페 '미안커피'에 들러야 이 감동을 마무리할 수 있다. 미술관 카페답게 멋스럽고 감각적이다. 김병종 작가가 기증한 다양한 분야의 도서를 읽을 수 있는 미안커피는 '미술관 안 카페'라는 의미와 이곳에서 '평소 미안했던 사람들을 생각해 보라'는 이중의 의미를 갖고 있다.

'너무 맛있어서, 미안커피'라는 귀여운 코멘트가 눈에 띈다. 미술관 안 카페에서 너무 맛있어서 미안한 커피를 마시며 작품에서 받은 힐링의 기운을 평소 미안했던 사람들에게 전하다니. 결국 사람에 대한 애정으로 귀결되는 소중한 시간을 선물 받은 듯 했다.

남원에서는 서편제 말고, 동편제

'오호라 남원이 예사롭지 않은 곳이구나.'

지리산 자락 남원이 내 터전이 될 만한 도시 같아 신나고 흥이 났다. 예로부터 흥이 나면 노래가 뒤따르는 법. 남도에 왔으니 남도가락 판소리, 소리하면 역시 서편제라 내친 김에 남도소리 서편제를 찾아가 보자 했는데 이런, 남원에서는 서편제를 찾으면 안 된단다. 동편제 마을로 가라고 바로 잡아준다.

우리가 영화로 알고 있는 서편제가 아니라 난생 처음 듣는 동편제라는 말에 호기심 가득 안고 동편제 마을로 향했다. 봄, 여름, 가을, 겨울, 언제 걸어도 좋은 지리산 둘레길 2코스 운봉−인월 구간을 걷다 보면 평화롭지만 거침없는 소리의 울림을 가진 농촌관광 거점마을 동편제 마을을 만나게 된다.

남도의 가락이라 불리는 판소리는 섬진강을 기준으로 서쪽 지역의 소리를 서편제, 동쪽지역의 소리를 동편제로 나누는데 서편제 소리는 기교가 많아 화려한 반면 동편제 소리는 장작 패듯 목으로 쭉쭉 내지르는 무뚝뚝하고 투박함이 매력이라고 한다. 시원시원하게 뻗어나가는 동편제 소리의 창시자인 가왕 송흥록 선생의 생가가 있는 마을이 동편제 마을이다.

이곳에서 차로 5분 남짓 거리에 소리의 본가라 할 수 있는 '국악의 성지'가 있다. 우리 혼과 얼이 서려 있는 판소리에 관심이 있거나 소리에 몸이 먼저 반응하는 흥이 있는 사람이라면 이곳에서 판소리의 역사부터 소리 듣기, 보기는 물론 판소리 한 대목을 배우고, 풍물, 한삼 무용을 체험하면서 미처 몰랐던 자신의 재능을 찾을 수도 있다는데, 수줍음 많은 나는 소리 재능은 그다지 없는 것으로 인정.

특히 5월에는 송흥록 생가 등 마을 무대와 마을 골목골목에서 동편제 마을 국악거리 축제가 열리는데 낮부터 어스름 저녁까지 판소리 거장들과 전통과 현대를 잇는 젊은 국악인들의 열정적인 공연이 가득하다고 한다. 작은 농촌 마을의 축제라고 얕보면 안 되는 것이 국악을 사랑하는 사람들이 고향을 찾듯 모여들고 마을 주민과 국악인들이 어우러지면 마을 전체가 신명나는 축제의 한마당이 된다.

동편제 마을은 남도소리 외에 또 다른 특별함이 있다. 지방 소도시나 농촌에 정착한다면 무엇으로 생계를 유지하며 살 수 있을까 하는 질문에 대한 답이 될 수도 있을 것이다.

살고 싶게 만드는 게스트하우스, 동편제 마을 휴(休)·락(樂)

조용했던 농촌에 사람들이 모여서 큰일을 벌였다. 동편제 마을은 2015년 농촌관광 거점마을로 선정되면서 마을 주민들이 힘을 모아 영농조합법인을 설립했다. 영농조합법인이지만 흔히 생각하는 농업 관련 사업이 아니라는 점이 눈길을 끈다. '사람 찾는 농촌'을 만들기 위해 문화 체험형 숙박시설 '게스트하우스 동편제 마을 휴(休)·락(樂)'을 건립했다. 농촌 할머니, 할아버지의 쌈짓돈을 비롯, 가구마다 조금씩 내어놓은 적은 돈을 모으고 지자체 지원도 받아 동편제 마을을 찾아오는 사람들을 위한 숙소를 지어, 2019년 가을부터 운영에 들어갔다.

마을 주민 대부분이 조합원이라서 이 게스트하우스에 대한 애착과 자부심이 대단하다.

농촌의 숙박시설이니 으레 단출한 농가주택이나 깨끗한 한옥을 상상했는데 마을 어귀에서 마주한 게스트하우스 휴(休)와 락(樂)은 완벽한 반전을 선사했다.

북유럽 감각과 전통한옥 포인트를 절묘하게 조합하여 심플하지만 곳곳에 자연의 아름다움을 들여다 놓은 정갈하고 멋진 숙소를 만들었다. 침실 창으로 보이는 마을 풍경은 미술관에 걸린 한 점 수채화 액자처럼 마음을 따뜻하게 한다. 드넓은 논을 앞으로 두어 시원하게 탁

문화체험형 복합공간 '휴', '락'.

트인 게스트하우스 마당 벤치에 앉아서 해지는 광경을 보고 있자니 세상 시름을 다 잊고 시간 가는 줄도 모르고 빠져들게 된다. 여기서 살고 싶다는 생각이 압도적으로 드는 순간이다.

동편제마을 락(樂)은 문화 체험형 숙소라는 이름에 걸맞게 마을의 역사, 문화와 마을기업들을 연계해서 1박 2일, 2박 3일 다양한 체험 프로그램을 진행하고 있다. 마을 산책과 해설, 소리의 성지 판소리 체험, 자연의 아름다움 허브밸리 체험, 지리산 희망 농부와 함께 하는 믿고 먹을 수 있는 산양유제품 체험, 국내 유일의 순종 흑돈 지리산 명품 버크셔K의 육가공 체험 등이 대표적이다.

마을 주민들과 함께 각자 흥미 있는 분야를 즐겁게 체험하고 배울 수 있는 기회다. 귀농·귀촌에 대한 편견을 다시 한 번 바로 잡을 수 있는 시간이기도 하다. 마을 주민들 스스로가 사람이 찾아오는 매력 있는 농촌을 만들기 위해 노력하는 모습이었다. 찾아온 사람들을 가족처럼 반기고, 마을의 자산을 나누어 알림으로써 마을과 외지인이 상생할 수 있는 단단한 기반을 마련하고자 했다.

동편제마을은 우리 농촌이 앞으로 나아가야 할 하나의 모델이다. 이런 일을 해내고 계신 마을 어르신들을 보니 시골에 계신 부모님께 두둑하게 용돈을 보내드린 것처럼 마음이 든든하다. 지금과 다른 살이를 꿈꾸며 남원을 하나씩 알아 갈수록, 앞만 보고 달렸던 나의 삼사십 대에 대한 아쉬움이 조금씩 전해졌다.

한 살, 한 살 나이가 든다는 것은 세상에 대한 지혜를 얻고 의미 있는 시간을 찾게 하는 자연의 섭리이다. 자연스럽게 고향을 그리워하거나 귀촌을 꿈꾸는 것도 같은 맥락이리라. 조용하게 나를 돌아보고 삶에 대해 진지한 성찰을 위해 남원의 천년 사찰 실상사에서 깨어있는 일상을 만나는 기회를 가졌다.

가득함도 빛나라, 비움도 빛나라

오랜 역사의 고장 남원·지리산 북쪽 들판에 천년고찰 실상사가 있다. 신라시대에 창건된 우리나라 대표 선종 사찰인 실상사는 백장암 삼층석탑과 같은 국보와 보물 등 천년 이상 이어온 많은 문화유적을 보유하고 있어 역사적, 문화적으로도 가치가 크다.

뿐만 아니라 절이 있는 들판을 감싸고 있는 아늑하고 평화로운 지리산 자락이 삶에 지친 이들을 편히 쉬게 하고 그들의 내면을 깨어나게 한다. 실상사 입구 천왕문 기둥에 한글로 새겨져 있는 '가득함도 빛나라 비움도 빛나라' 라는 첫인사부터 예사롭지 않음을 느낀다.

지리산을 끼고 있으면서도 수만 평의 논 한가운데 위치하고 있는 것도 일반 사찰과 다른 점이다. 첩첩산중 세속에서 멀리 떨어져 있는 고고한 사찰과 달리 관념 보다는 사람과 세상을 소중하게 생각하는 사찰이다.

실상사는 깊은 산속에서 시작했지만 절을 찾아온 사람들로 마을이 이루어지고 그들을 위한 논밭을 만들다보니 지금의 모습처럼 논 한가운데 있게 되었다. 절은 누구나 수행할 수 있는 공간이며 몸과 마음의 안식을 찾는 곳이라는 기본 가치 아래 사람과 세상을 위한 다양한 활동을 만들어 가고 있다.

그 일환으로 시작된 '실상사 귀농학교'는 마음을 열어 귀농을 준비하고, 내 손으로 직접 농사를 지어볼 수 있는 기회를 제공하며 현대 도시인들에게 새로운 삶의 철학을 일깨워주는 좋은 기회다. 귀농·귀촌에 관심 있는 사람은 물론 마음의 안식이 필요한 사람에게도 더할 나

실상(實相)이란 진실인 것의 모습, 존재의 본성이라는 의미이다.
실상사는 한국 선종의 발상지이다.

위 없는 배움의 공간이다.

나처럼 아직 장기간의 귀농학교가 부담스러운 사람은 1박 2일부터 5박 6일까지 자신에게 맞는 템플스테이를 통해 스스로를 돌아보고, 스님과 차담으로 깨달음을 얻고, 지리산 자락에서 공동체 살림을 꾸려가는 사람들과의 만남을 경험해 볼 수도 있다.

이밖에도 재가불자들의 협동농장으로 친환경 농사를 짓는 '실상사 농장', 절을 중심으로 지역 공동체를 꿈꾸는 '사단법인 한생명', 그리고 지역 주민들을 위한 다양한 복지와 교육 사업 등은 실상사가 갖고 있는 인간 중심 사찰의 진면모를 보여 준다.

실상(實相)이란 진실인 것의 모습, 존재의 본성이라는 의미라고 한다. 한국 선종의 발상지로서 전통에 더해 사람 내음 가득한 실상사에서 내 존재에 대한 성찰과 인생의 대안을 찾는 기회를 가질 수 있다는 것에 가슴이 뛰었다.

바쁘고 번잡한 일상에 마음이 지칠 때 실상사에서 잠시라도 머물며 소박하지만 정갈한 삶의 태도를 익힌다면 내 인생의 큰 전환점이 될 것 같은 생각이 든다. 삶의 단단한 뿌리를 실제로 가꾸는 시간이라고 할까. 마음이 앞선다. 봄이 되면 실상사로 내려가 봐야겠다.

♀ 실상사

◎ 주소 : 전북 남원시 산내면 입석길 94-129

◎ 홈페이지 : www.silsangsa.or.kr

◎ 이메일 : silsang828@hanmail.net

◎ 종무소 : (063)636-3031 / 찻집(뜰앞의 잣나무) 3882, 실상사매표소 3831

♀ 실상사 템플스테이

◎ 홈페이지 : http://silsangsa.templestay.com

◎ 이메일 : silsangsa@templestay.com

◎ 안내전화 : (063)636-3191

> **"**
> 서울에서의 삶은 늘 바쁘다.
> 즐거울 때도 많지만,
> 피곤한 생활의 연속이었다.
> 그래서 더더욱 시골살이를 동경하게
> 되는지도 모른다.
> **"**

고영숙

신중년이 된 지금 인생을 되돌아본다. 젊은 시절 유치원 교사로 아이들을 사랑했고, 퇴직 후에는 가족 위주의 삶을 살았다. 중년 이후 시작한 새로운 도전은 지금의 나를 만들었다. 평생교육사, 초등문해교사, 스마트쉼 강사자격증 을 취득했고 늦은 나이에 가톨릭 교리신학원에서 남편과 함께한 신학공부는 인생의 또 다른 자산이 되었다. 현재 서울시도심권50플러스센터에서 학습지원단 활동을 하고 있다.

낮선 도시에서 넉넉함을 맛보다

끝나지 않는 '삼시 세끼'의 굴레

남편의 퇴직은 나의 인생 전반부와 후반부를 확실하게 나누어 주었다. 남편의 35년 공직생활을 마무리하는 날 정년퇴임식에 초대를 받았다. "그동안 함께 해주셔서 행복했습니다!"라고 적힌 현수막이 걸려 있었다. 동영상에 담긴 후배들의 인사와 강당에 가득 모여 아쉬워하는 분위기를 보며, 그동안 가족과 사회를 위해 열심히 일한 남편이 존경스러웠다.

그러나 당장 내일부터 직장이 아닌 집에서 시간을 보낼 남편을 생각하니 퇴임을 축하한다는 말 뒤에 마음이 짠하게 아려왔다.

"그동안 고생했으니 내가 황제처럼 모실게요!"

나는 애교 섞인 위로로 아쉬워할 남편의 마음을 달래주었다.

인생 후반전을 위해서 새로운 터전을 찾아 살아보고 싶은 생각도 갖고 있었다. 이제는 너무 바쁘게 살지 말자고 다짐하며 앞으로는 여행을 다니면서 마음에 드는 곳이 있으면 주변의 환경과 집도 알아보자는 계획도 세웠다.

그러나 한시도 가만있지 못하는 성격인 남편은 퇴직하자마자 초등학교 학력의 할머니들에게 글과 공부를 가르치는 문해(文解)교사에 도전하더니 미래 직업으로 각광을 받을 수 있다는 사회복지사 자격시험 준비에도 몰두했다.

남편을 위해 매일 세끼를 차려주다 보니 내 일상 속에서 중요하게 생각했던 봉사활동과 각종 모임 활동이 위축되었다. 남편 위주의 생활로 바뀌면서 내 생활이 없어진 듯 했다. 내 자신은 없고, 누구를 위해서만 존재하는 사람이 된 느낌에 남편 퇴직 후 한 달여 만에 쌓여 있던 불만이 폭발했다.

도심의 바쁜 생활 속에서 부부가 하루 종일 함께 생활한다는 것이 그리 쉬운 일은 아니었다. 우리 부부는 사이가 좋다고 자부하고 있었기에 문제가 되리라는 생각을 전혀 하지 않았다.

나는 늘 바쁜 남편이 가끔씩 "퇴직하면 시간도 많으니 요리를 배워 와인도 곁들여서 멋지게 차려 줄게!"라고 했던 말을 기억하고 기다렸던 것 같았다. 그러나 남편은 "내가 황제처럼 모실게요."라고 했던 말만 기억하고, 아내가 좋아서 삼시 세끼를 차린다고 생각한 것 같았다.

서로 자기가 필요한 것만 생각하고, 듣고 싶은 것만을 들었으며, 말을 하지 않아도 상대가 나의 마음을 알아주려니 하는 막연한 기대를 했던 것이다. 남편은 진지한 대화 끝에 내가 가사에 대한 부담과 특히 하루 세끼 식사를 혼자 준비하는 것에 불만이 있었다는 것을 깨닫게 되었다. 그 이후 항상 먼저 일어나는 남편이 아침 식사를 책임지기로 했으며 가사도 분담하기로 했다. 그렇게 서로가 변화된 생활에 적응해 갔다. 삶의 방식이 바뀌었으니 서로 마음에 담아 놓지 말고 대화를 통해 서로의 바람을 수용하기로 했다.

지방에 산다면 어디가 좋을까?

퇴직 후 여유로운 전원생활을 기대했던 삶은 자연히 뒤로 미루어졌고 남편과 가사를 나누어 평등을 찾아가는 것으로 내 인생 후반전을 시작하였다. 그동안의 삶이 봉사활동과 가족 위주의 삶이었다면, 이제는 내 목소리도 내면서 새로운 도전도 하기로 방향을 바꾸었다. '50+, 남원·지리산에서 길을 찾다' 기획에 참여해 그동안 잊고 있던 지역살이에 대한 관심도 다시 갖게 되었다.

서울에서의 삶은 늘 바쁘다. '이 나이에 이렇게 여유 없이 살아도 되는 걸까?'하는 생각을 해 본다. 하루에 몇 가지 일정을 소화하고 사람들과의 만남이 밤늦게까지 이어지는 경우가 많아 즐겁기도 하지만 한편으로는 피곤한 생활의 연속이었다. 그래서 더더욱 시골살이를 동경하게 되는지도 모른다.

가끔 우리 부부는 일상에서 벗어나 중소도시에 살고 있는 아들과 며느리를 만나러 간다. 돌아올 때면 "지방에 가서 산다면 어디가 좋을까?"라며 여러 도시를 열거해 본다. 이즈음 듣게 된 "남원·지리산에 같이 가실래요?"라는 말은 나에게 여러 가지 의미로 다가왔다.

우선, 바쁘게 사는 나에게 천천히 쉼을 느끼며 살 수 있는 새로운 길을 열어 줄 것 같았다. 또 내가 먼저 체험을 하고 나서 100세 시대에 여전히 청춘이라며 봉사활동에 바쁜 남편에게 자연과 함께 여유롭게 사는 방법을 알려주고 싶었다.

이러한 생각으로 이번 프로젝트에 참여하면서 난생처음 남원을 접하게 되었고 그곳에 지리산이 있다는 것도 알게 되었다.

설레는 기차여행이 시작되다

아침 일찍 설레는 마음으로 용산역에서 남원으로 향하는 KTX 기차에 올라 일행들과 가족석에 마주 앉았다. 기차여행에서 빠질 수 없는 간식! 삶은 계란과 사이다, 옥수수, 밤, 과자 등이 기차의 간이 탁자 위에 진수성찬처럼 차려졌다.

추억의 간식들이 아직은 서먹한 우리들의 관계를 한층 부드럽게 만들어 주었다. 마음을 이완시켜 서로의 이야기들을 쏟아놓으며 웃고, 감탄하다보니 2시간이 훌쩍 지났다. 남원역에 내렸을 때는 벌써 여행의 동반자로 서로를 배려해 주는 끈끈한 사이가 되어 있었다.

남원은 막연히 '평화로운 시골 분위기의 소도시가 아닐까? 그곳에서 뭔가 특별한 볼거리, 먹을거리, 쉴거리가 있기는 할까? 자잘한 걱정

KTX로 두 시간 만에 남원역에 도착했다. 오랜만의 기차여행이 지난 추억을 떠오르게 했다.

낯선 도시에서 넉넉함을 맛보다

이 앞섰다.

남원의 첫 인상이 좋았던 것은 KTX 남원역 무료 트렁크 보관소 덕분이다. 일행은 시골에서도 이런 서비스를 받을 수 있다는 것에 대해서 큰 감동을 받았다.

가벼워진 짐의 무게만큼이나 행복한 걸음으로 남원·지리산의 매력 찾기가 시작되었다. 여행의 출발부터 끝날 때까지 빼놓을 수 없는 것이 음식이다. 한 도시를 여행한다는 것은 곧 그 지방의 음식 맛을 보는 것이 아닐까.

허름한 국숫집에서 느낀 감동

남원역에서 걸어서 첫 여행지인 만복사지에 들렀다가 공설시장을 찾았다. 5일장이 열리는 큰 시장이라는 기대를 가지고 찾아갔는데 사람들은 보이지 않고 상점들도 닫혀 있었다. 혹시 '남원의 인구가 줄어서 그런 것일까?'하는 우려가 스쳐 지나갔다.

알아보니 장날이 아니라서 그렇다고 한다. 장날에는 시장이 꽉 찬다는 말에 다행이라는 생각이 들었다. 벌써 이렇게 남원 걱정을 하다니. 이미 남원 가족이 된 것 같았다. 힘들게 도착했는데 복작거리고 삶의 냄새가 물씬 풍길 것 같은 전통장터를 볼 수 없어, 실망감과 함

우연히 들어간 허름한 국숫집에서 넉넉한 마음 씀씀이를 느꼈다.

께 아쉬워하는 것도 잠시, 갑자기 배가 고파왔다.

무엇을 먹을까. 두리번거리다 건너편 용남시장을 발견했다. '시장에 가면 무엇이든 있겠지!'하는 마음으로 시장 초입에서 우연히 들어가게 된 허름한 국숫집.

작은 식당이긴 했지만 빈자리가 하나도 없어서 깜짝 놀랐다. "어~ 이곳이 유명한 집인가?" 인터넷에서 맛집으로 나온 것도 아닌데 남원 사람들만 아는 집인가 하는 생각에 배는 고팠지만 기다려서라도 먹기로 했다.

파마를 말고 스카프를 쓴 아줌마들, 장을 보러 나온 어르신들, 여행객으로 보이는 젊은이들, 다양한 층의 손님들이 좁은 식당과 식당 뒤 평상에까지 가득하다.

낯선 도시에서 넉넉함을 맛보다

4천 원짜리 수제비에 흑임자죽과 반찬이 여섯 가지나 딸려 나왔다.

"잘 먹고 가요~잉."

"장날 나오시면 또 오셔~잉."

"소리하면 오셔~잉."

자리가 나기를 기다리면서 가게 안 사람들의 모습도 살펴보았다. 주인과 손님들이 자연스럽게 어울리면서 나누는 대화가 맛깔스럽다. 장터 초입의 작은 국숫집 풍경에서 벌써 남원의 맛과 정이 진하게 느껴졌다.

수제비 한 그릇을 시켰는데 흑임자죽과 함께 반찬이 여섯 가지나 따라 나왔다. 그런데도 가격이 4천 원이라니 놀라웠다. 반찬이 떨어지면 몇 번이고 가져다주는 주인장의 넉넉함이 수제비의 맛을 더욱 살려주었다. 이곳은 부부와 딸이 10년째 운영하는 국숫집이다. 어느 날 식구들이 먹으려고 만든 흑임자죽을 손님들에게 맛보기로 내놨다고 한다. 그런데 그다음부터 "오늘은 왜 흑임자죽을 안주쇼~잉."하는 말에 지금까지 모든 손님들에게 흑임자죽을 내놓고 있다고 한다. 감사함이 저절로 우러난다. 여행을 하다 시장을 찾는 이들에게 가볍고 편안하게 맛보이고 싶은 곳이었다. 옛말에 "먹는데서 인심난다"는 말이 있는데 남원 사람들의 넉넉한 마음 씀씀이와 나누면서 사는 모습을 보니 잠시 남원에서 살아봐도 좋겠다는 생각이 들었다.

남원 추어탕이 특별한 이유

남원에는 추어탕이 유명하다고 하지만 개인적으로 추어탕을 좋아하지 않고 먹기 시작한 지도 얼마 되지 않는다. 남원에 추어탕 거리가 따로 있지만 여행 일정상 걸어서 여유롭게 둘러볼 기회는 없었다.
하지만 남원에 왔는데 추어탕은 먹고 가야지 하는 마음으로 50년 전통을 가지고 있다는 새집추어탕을 찾아 들어갔다. 추어정식을 시키니 추어튀김, 추어숙회, 추어탕까지 골고루 맛볼 수 있었다.
남도 특유의 다양한 밑반찬으로 식탁이 금세 풍성해 졌다. 제일 먼저 나온 추어튀김은 미꾸리를 깻잎과 고추 사이에 넣어 튀김옷을 입혔는데 미꾸리가 보이지 않아 거부감 없이 먹었다. 담백하면서도 바삭한 맛은 다음에도 다시 시켜 먹고 싶은 마음이 들게 했다. 이어 나온 추어숙회는 나로서는 처음 접한 음식이다.

납작한 돌솥 위에 양념을 깔고 그 위에 추어숙회를 부추와 함께 올려놓았다. 김이 모락모락 나는 찜 요리인데도 미꾸리의 형태가 그대로 보여 선뜻 젓가락이 가지 않았다. 음식을 내온 종업원은 깻잎에 소라매실무침과 추어숙회를 싸서 함께 먹으면 제대로 된 요리의 맛을 볼 수 있다고 알려 주었다. 매실의 새콤함이 느끼함을 잡아 주어 추어숙회의 담백한 맛이 더욱 돋보였다. 처음 먹는 요리였지만 특별한 기억으로 남아 있다.

드디어 메인요리인 추어탕이 나왔다. 남원에서 맛 본 추어탕은 그동안 서울에서 먹었던 추어탕과 조금 달랐고 얼큰했다. 국물에 밥을 말아 땀을 흘리며 먹었다. 사계절 보양식으로 손색이 없었다.

전국에 남원추어탕이라는 명칭을 사용하는 식당이 4백 개가 넘는 이유를 알 것 같았다. 보양식 하면 어른 음식이라는 생각을 가져서일까? 추어탕 집에는 젊은이들이 별로 보이지 않았다. 나중에 들은 얘기지만 남원시 농촌기술센터에서는 미꾸리 팀이 있어 시 차원에서 산업적으로 미꾸리사업을 지원하고 있다고 한다.

젊은이들을 사로잡는 남원의 맛!

남원시의 소개를 받아 젊은이들이 많이 간다는 맛집, '서남만찬'을 찾았다. 인기가 많아 주말에는 줄을 서서 기다려야 한다는 이 집 음식맛이 궁금했다. 남원시 인구가 줄면서 점점 고령화되어 가고 있다는데 젊은이들이 좋아하는 곳이라 하여 반가움에 택시를 타고 한달음에 달려갔다.

아침식사를 빵으로 먹어서일까! 매콤한 것을 먹을 생각에 벌써 기분이 좋아졌다. 이 집의 대표 음식 돌솥 오징어볶음 4인분을 주문했다.

"앞치마 꼭 하시고, 소매 꼭 걷으시고, 옷도 아래쪽에 잘 넣어두세요!"

주인장의 신신당부에 의아한 마음도 들었지만 돌판 열기에 매콤한 고추기름과 오징어가 튈 것을 염려한 배려라는 것을 금방 알게 되었다. 잠시 후 돌판에 나온 오징어볶음은 지글지글 맛있는 소리를 냈다. 양념이 진한 듯하여 밥 다섯 공기를 한꺼번에 넣고 김 가루와 참기름을 넣고 볶으니 고소한 냄새가 군침을 돌게 한다. 양이 많아져서남길 걱정을 하며 먹기 시작했다. 양념이 진한 듯하여 밥 다섯 공기를 한꺼번에 넣고 김 가루와 참기름을 넣고 볶으니 고소한 냄새가 군침을 돌게 한다. 양이 많아져서 남길 걱정을 하며 먹기 시작했다.

입 안 가득 기분 좋게 매콤하면서 자극적인 맛이 먹을수록 자꾸만 손이 갔다. 콩나물국과 함께 먹으니 시원하게 궁합이 맞는다.

고추기름이 많아 느끼할까봐 걱정했는데, 통통한 오징어도 씹히고, 입맛이 돌아 그렇게 많아 보였던 오징어볶음이 어느새 다 없어졌다.

젊은 사람들이 줄서서 먹는 이유가 있었다. 한쪽 테이블에서는 젊은 연인들이 SNS에 올리려는지 자신들의 먹는 모습을 동영상으로 열심히 촬영하고 있었다.

지방 도시가 점점 늙어간다는데 젊은이들이 즐겨 찾는 맛집을 발견해서 기분이 좋았다. 앞으로도 지방 도시가 젊어져서 활력이 생겼으면 좋겠다.

지리산에서 체험하는 특별한 요리 수업

숙소인 트리하우스에서의 저녁식사와 쿠킹 클래스는 특별한 체험이었다. 쿠킹 클래스를 진행할 셰프인 차이룩 쿠킹스튜디오 정그림 대표가 차분하면서도 자신감에 찬 모습으로 자기소개를 했다.

정 셰프는 해외에서 요리 공부를 한 후 서울에 정착했지만 대도시에 살면서 소비지향적인 삶을 피할 수 없음을 알았다고 한다. 그 속에서 인생을 소모하는 것이 무의미하게 느껴져 귀향하였고, 원하는 꿈을 위해 열심히 뛰고 있었다.

"고향에서
한식의 맛을 알립니다"

정그림 ● 차이룩 쿠킹스튜디오 대표

Q 젊은 나이에 남원으로 이주하게 된 계기는 무엇인가요?

A 요리 공부를 위해 유학 후 새롭게 시작한 서울 살이에 몸과 마음이 지치고 피폐해 지기도 했어요. 많은 사람들이 몰려 한정된 자리를 두고 무한 경쟁하는 모습에 염증을 느끼기도 했고요. 좀 더 가치 있는 삶을 살고 싶었습니다.

Q 지금은 주로 어떤 일을 하고 있나요?

A 2017년 차이룩 쿠킹스튜디오를 오픈하여 지역 행사에 제철음식 케이터링을 하고 있고 소중한 날을 기념하려는 분들을 위해 원 테이블 레스토랑도 열고 있습니다. 그밖에 다문화여성들을 대상으로 한식을 가르치는 요리 강습도 열고 있습니다.

Q 삶의 터전으로서 남원의 장점을 소개한다면?

A 우선 저에게는 고향이라는 안정감을 줍니다. 신념을 가지고 노력한다면 대도시보다 오히려 더 많은 기회가 있을 것 같아요. 물론 하기 나름이겠죠!

정그림 대표와 같은 젊은이들이 하나하나 꿈을 이루어 가고 있는 모습에서 남원의 희망을 보았다.

집중해서 원하는 것을 차근차근 준비하고 있으면 준비한 만큼 기회가 보인다는 말을 할 때는 당당하고 멋져 보였다. 지리산에서 자기 신념이 확실한 젊은 셰프에게 요리를 배우다니! 마음이 뿌듯했다.

토마토 스파게티와 치즈 스파게티를 지리산 소나무 숲의 시원한 바람과 계곡의 물소리를 들으며 야외 테라스에서 직접 만들어 먹는 맛, 생각만 해도 즐거웠다.

정 셰프의 요리 시연을 보고 식재료를 받아 모둠별로 요리를 시작했다. 레시피를 따라 시작했지만 50+ 주부들 저마다의 노하우로 레시피 없이 '대충해도 뚝딱!' 요리가 완성되었다.

전문 스파게티 요리의 맛에는 미치지 못했지만, 지리산이라는 자연과 함께 공동체의 사랑이 듬뿍 들어간 기억에 남는 요리였다.

귀향한 젊은 셰프가 야무지게 꿈을 이루어가고 있는 모습에 지방 도시가 늙어가고 있는 것만은 아니라는 위안도 갖게 되었다. 지리산에서의 특별한 쿠킹 클래스는 남원의 맛을 색다르게 느낄 수 있게 해주었다.

남원의 맛있는 먹을거리 찾아보기 ◎

남원 재래시장 용남식당 | 수제비
- ◎ **메뉴 :** 잔치국수 3천 원, 수제비 4천 원
- ◎ **위치 :** 전북 남원시 용남시장 초입
- ◎ **문의 :** (063)632-7579, 010-3652-0421

새집 추어탕 | 추어정식
- ◎ **메뉴 :** 추어탕 9천 원, 추어정식(4인 기준) 8만~12만 원까지 다양
- ◎ **위치 :** 전북 남원시 요천로 1397
- ◎ **문의 :** (063)625-2443 www.saejip.co.kr
- ◎ **영업시간 :** 09:00~20:00

추어향 | 추어떡갈비
- ◎ **메뉴 :** 추어탕 9천 원, 추어떡갈비 1만3천 원, 소고기국 9천 원
- ◎ **위치 :** 전북 남원시 요천로 1455(광한루 정문 옆)
- ◎ **문의 :** (063)625-5545
- ◎ **영업시간 :** 08:00~21:00

집밥, 담다 | 따뜻한 가정식
- ◎ **메뉴 :** 한 그릇에 담다 1만 원, 청국장 8천 원, 매콤 돼지갈비찜 1만 3천 원, 돈가스 등
- ◎ **위치 :** 전북 남원시 하정1길 28
- ◎ **문의 :** (063)625-4580
- ◎ **영업시간 :** 11:30~21:00, 재료 준비시간 : 15:00~17:30, 매주 일요일 정기휴무

명문제과 | 남원의 유명 빵집
- ◎ **메뉴 :** 생크림슈보루빵(1천7백 원), 꿀아몬드빵(1천7백 원), 수제햄빵(3천 원)
- ◎ **위치 :** 전북 남원시 용성로 56 (남원 법원사거리)
- ◎ **문의 :** (063)632-0933
- ◎ **영업시간 :** 빵 나오는 시간 10:00 / 13:30 / 16:30, 매주 월요일 휴무

낯선 도시에서 넉넉함을 맛보다

남원살이를 위한 몇 가지 제안 2

두 번째 이야기

> "
> 사우나도 처음 들어가면 적응시간이
> 필요하듯 귀촌도 적응할 시간이 필요하다.
> 새로운 곳에 오면 당연히 낯설고 불편하다.
> 3년 정도 한 장소에서 지낸다면 그곳에서
> 즐겁고 편하게 살고 있는 자신을
> 발견하게 될 것이다.
> "

조현랑

호텔리어, 보험회사 부지점장, 영어강사로 숨가쁘게 살았다. 산티아고 길 600킬로미터를 걷고 와서는 커피 냄새에 빠져 바리스타로 일하며 틈나면 걷고 여행한다. 50 이후의 삶을 지리산 자락 어디쯤에서 펼치기를 꿈꾼다. 50에 안 되면 60에라도.

우리는 이제 서울을 떠나도 된다

시골 생활을 위한 세 가지 조건

남편과 나는 66년생 동갑내기. 젊은 시절 한창 열심히 살 때는 우리도 나이를 먹는다는 걸, 오십을 넘겨 육십을 바라보고 그렇게 나이 들어간다는 것을 생각할 여유도, 이유도 없이 바쁘게 살았다. 두 아이가 독립하고 둘이서만 있는 시간이 많아진 요즘 문득 그리고 가끔 이런 얘기를 주고받는다.

"아~, 우리도 이제 어디 조용한 시골 가서 살까?"

"조~오~치~."

"어디가 좋을까?"

"글쎄~, 어디가 좋을까?"

"텃밭도 좀 가꾸고, 앞에 물 흐르는 냇가도 있고, 산책할 수 있는 뒷산도 있는 그런 곳이면 딱 인데."

우리의 시골살이 얘기는 늘 이쯤에서 끝난다. 어디로 가야 할지, 가서 무엇을 하고 살지 깊은 생각과 고민을 해 보지 않은 건 아직 그만큼 절실하지 않아서일까? 아니면 막상 귀촌을 실행에 옮기게 됐을 때 감당해야 할 크고 작은 일들 때문에 시작도 하기 전에 지레 겁부터 먹고 주춤하는 것은 아닐까?

그러면서도 남편과 은퇴 후의 삶에 대한 계획과 바람을 꾸준히 이야기 나눈 결과, 다음의 세 가지 정도의 문제가 해결된다면 작은 소도시나 시골에서의 삶도 제법 괜찮은 생활이 될 수 있겠다 싶은 가닥을 잡을 수 있었다.

첫째, 미세먼지의 마수로부터 최대한 벗어날 수 있는 곳.

둘째, 마음의 힐링과 몸의 건강을 함께 얻을 수 있는 곳.

셋째, 아침부터 저녁까지 마냥 놀고 먹을 수는 없으니 텃밭 가꾸는 일 말고도 지역 사회에서 뭐라도 할거리, 일거리들이 있는 곳.

우연한 기회에 남원으로의 귀촌을 알아 볼 수 있는 기회를 얻어 태어나서 처음으로 남원에 갔다. 어렵사리 얻은 기회이니만큼 제대로 알아보리라 마음먹었고 방문하고 싶은 몇 곳을 염두에 두고 남원으로 출발했다.

강황을 넣고 지은 고슬고슬 따끈한 돌솥밥과 가운데 얌전히 자리 잡은
유정란 노른자! 입맛이 없어 못 먹는다는 말은 절대로 나오지 않을 듯하다.

노른자 얹은 돌솥 밥 한 그릇에 쏙 빠지다

남원시 운봉읍에서 운영 중인 식당 '풍경인'은 남원 맛집 리스트에 올
라 있는 곳이기도 하고 또, 귀촌하여 자리 잡은 부부가 운영하고 있
는 곳이기도 하다. 사장님을 뵐 수 있길 은근 기대하며 예약도, 약속
도 없이 식당으로 찾아갔다.

주문을 받고 나서 음식을 준비하는 식당이라 시간은 좀 걸렸지만 막
상 나온 음식을 보니 기대 이상이었다. 갖은 나물 반찬으로 그득해진
상차림에 강황을 넣고 지은 고슬고슬 따끈한 돌솥밥, 그리고 그 가운

데 얌전히 자리 잡은 유정란 노른자의 자태! 커다란 대접에 갖은 나물과 노른자를 터뜨린 강황밥을 넣어 맛간장으로 슥슥 비벼 먹는 사이 밥을 퍼내고 물을 부어 둔 돌솥에서는 구수한 숭늉 냄새가 피어오른다. 입맛이 없어 못 먹는다는 말은 절대로 나오지 않을 듯하다.

카운터에 자리 잡고 계시는 분이 한눈에도 사장님 포스를 물씬 풍겼는데 남원으로의 귀촌 가능성을 알아보러 왔다고 이야기하고 조심스럽게 인터뷰를 부탁하자 흔쾌히 응해주었다.

식당 풍경인(豊敬人)의 강형구 사장. 1979년 고향 남원을 떠났다가 38년 만에 돌아와 2017년 10월에 식당을 시작했다고 한다. 지리산 아래 아름다운 풍경 속에 사는 사람이라는 뜻의 '風景人'인 줄 알았는

식당 풍경인(豊敬人)의 강형구 사장 내외. 강 사장은 1979년 고향인 남원을 떠났다가 38년 만에 돌아와 2017년 10월에 식당을 시작했다고 한다.

데 귀촌하면서 마을 어르신들을 공경하고 마음에 풍성함을 가지며 사는 사람이라는 뜻으로 식당의 이름을 '豐敬人'으로 지었다고 한다. 오홋! 멋진 분!

식당과 살 집을 손수 짓다

강 사장이 오랫동안 살았던 울산에는 태화강이 흐르고 있는데 가끔 그쪽으로 지나다보면 태화강 아래와 태화교 다리 부근에 많은 노인들이 나와서 하루 종일 딱히 하는 일도 없이 무료한 시간을 보내는 것을 볼 수 있었다. 자신은 은퇴 후의 삶을 그런 모습으로 보내고 싶지 않았고 적어도 시골에서는 무언가 할 일이 늘 있다는 점에서 귀촌을 결심했다고 한다.

우연히 집 짓는 일을 따라다니면서 4년 정도 익힌 기술과 경험으로 손수 살 집과 식당을 지었다. 귀촌을 준비하면서 식당을 해 보자고 생각한 이유는 막상 농사를 지어 수익 구조를 만들자면 초기 투자비가 생각보다 많이 든다는 것을 알았기 때문이다. 농사보다는 장사나 식당을 해 보자고 방향을 전환하면서 그에 따른 메뉴 개발에 2~3년 매달렸다.

주방을 책임져 줄 든든한 지원군인 부인이 있었기에 식당 운영은 귀

풍경인 식당의 외관. 집 짓는 일을 따라다니면서 4년 정도 익힌 기술과 경험으로
손수 살 집과 식당을 지었다.

촌 후 생계 수단의 첫 번째 대안이 될 수 있었다. 젊은 시간을 보냈던
울산에서는 학원 사업과 복지 사업 등을 했는데 그룹홈을 운영할 당
시 주방관리를 맡았던 부인의 경험을 살려 이곳 운봉에서는 식당을
시작했다.

강형구 사장은 시골에서 식당을 하면 좋은 점 다섯 가지를 꼽았다.

<u>첫째,</u> 현금 장사다.

<u>둘째,</u> 식당 주변에 작은 텃밭만 가꿔도 오이, 배추, 무 등 대부분의 식
재료를 사지 않고 확보할 수 있다. 즉, 원자재 비용을 절감할 수 있다.

셋째, 이웃과 지인 찬스! 인심만 잃지 않으면 주변에서 농사 지어 나오는 수확물들을 아낌없이 나눠준다(서울에서는 깻잎 20장이 천원이라고 했더니 이웃에서 깻잎을 한 박스로 들고 올 때도 있다고 한다).

넷째, 작은 규모의 식당이라면 부부가 함께 운영해도 충분하다. 인건비를 아낄 수 있다는 얘기(풍경인도 강형구 사장 내외가 운영 중이었다).

다섯째, 내 건물이 아니어도 집이나 가게 임대료가 도시에 비해 훨씬 저렴하다.

현재 인구 4천 명 정도의 운봉읍에 치킨집과 빵집까지 합쳐 30여 개의 식당들이 있는데 큰돈을 벌지는 않지만 생활은 충분히 되고 있다고 한다.

월 1백 만 원이면 시골살이 지장 없어

진짜 궁금한 질문을 대놓고 물어봤다.

Q 시골에서 살 때 얼마의 생활비가 필요할까요?

중요한 질문이 아닐 수 없다. 시골이라고 풀만 먹고 살 수는 없지 않은가. 아이들이 없는 부부만의 생활이라면 월 1백만 원 정도의 생활비만 있어도 시골살이로는 큰 지장이 없다고 얘기한다.

하려고만 하면 일은 많다. 특히 시골에서는 크건 작건 간에 사람의 손이 가는 일이 도시보다 훨씬 많다고 하니 마음만 먹으면 부지런함 하나 가지고도 시골살이가 가능하다는 얘기다.

남원에는 지리산농협, 남원농협, 운봉농협, 춘향골농협 등의 농협들이 있는데 시기에 따라 수확되는 농산물의 선별 작업이라든지, 기간제 일자리들을 어렵지 않게 찾을 수 있을 뿐만 아니라 해당 자격증만 따서 온다면 시골의 마을버스 운전이나 지게차, 농기구를 다루는 일들도 주변에 많이 있다고 한다.

단순 노동보다 뭔가 일을 벌이고(?) 싶다면 '지리산'이라는 브랜드를 활용하는 아이디어 사업을 연구해 보라는 얘기도 한다. 물 좋고 공기 좋은 지리산에서 나고 자란 다양한 수확물에 '지리산' 이름을 붙인 상품들을 선보이는 것이다.

지리산에서 만든 강아지 간식이나 각종 먹을거리들은 청정 지역이라는 지리산의 이미지를 업고 새로운 비즈니스를 모색할 수 있는 기회를 제공할 수도 있다는 것.

이미 지리산의 이름을 단 상품들이 많이 있지만 얼마든지 더 참신하고 획기적인 아이디어들이 충분히 나올 수 있다는 얘기였다.

이곳 운봉에서는 날 찾으세요

이런저런 얘기를 나누다 강형구 사장이 남원시 귀농귀촌협의회 운봉 지역의 회장을 맡고 있다는 것을 알게 되었다. 그래서 질문했다. 어떻게 하면 귀촌 생활을 성공적으로 할 수 있겠냐고.

강 사장은 제일 먼저 멘티와 멘토의 관계를 얘기했다. 좋은 멘토를 만나는 게 참 중요하다고 했다. 그것도 멀리 있는 멘토를 찾을 게 아니라 옆집에, 바로 가까이에 있는 멘토를 만나는 것이 정말 좋다고.

반백을 넘긴 나이에 귀촌을 결심하고 새롭게 인생의 제 2막을 시작할 때 만나게 되는 인연은 얼마나 소중하고 귀한가. 마음의 문을 열고 이웃을 대할 때 그 이웃이 나의 고마운 멘토가 될 수 있다는 사실을 잊지 말라고 한다. 그리고 자신 있게 덧붙이는 말씀.

"어떤 일이든 절대 섣불리 결정하면 안 됩니다. 이곳 운봉에서는 날 찾아와요, 누구든 풍경인의 문을 열고 들어오면 성의를 다해 상담하고 도와줄 수 있어요."

거친 나무를 밀어 손수 집을 짓고, 텃밭을 일구고 식당을 꾸려가고 있는 귀촌 3년차의 강형구 사장. 햇볕에 까맣게 탄 소탈한 그 분과 떨어지지 않는 그림자처럼 남편의 곁을 묵묵히 지키고 있는 안주인. 두 분의 모습에서 귀촌에 대한 희망을 읽었다.

마치 그것을 증명이라도 하듯 인터뷰가 진행되던 그 시간에 옆 테이블에는 안동에서 살다가 남원으로 귀촌한지 이제 3개월 된 40대 후반의 여성분이 상담을 위해 풍경인을 방문 중이었고, 또 한편에서는 동편제 마을 옆 마을에 살고 있다는 다양한 나이의 귀촌 여성분들 6~7명이 풍경인 안주인과 함께 캘리그라피 수업을 하고 있었다. 외롭지 않게 더불어 살아가는 시골살이의 아름다운 현장이었다.

예술하는 중년의 세 고민녀를 위한 맞춤 도시

식당 '풍경인'을 귀촌의 성공 사례로 자신 있게 소개할 수 있을 만큼 주옥같은(!) 인터뷰를 수확해 내고 다음으로 방문한 곳은 남원시 도시재생지원센터였다. 20년 전 서울에서 남원으로 내려와 이제는 완전한 귀촌인이 된 김근식 센터장을 만났다.

도시재생지원센터라는 이름만 들었을 때는 귀촌이라는 주제와 연결고리를 찾지 못해 어리둥절했지만 방문 후에는 귀촌에 대한 새로운 그림을 그릴 수 있는 아이디어를, 좀 더 구체적으로는 예술하는 친구들을 위한 획기적인 대안을 찾게 되었다.

사실 이곳은 서울에서 어렵사리 예술 활동을 하고 있는 친구들의 고민을 듣고 도움을 줄 수 있는 방안을 찾던 중 찾아가게 된 곳이었다.

"은퇴하고 아이들 독립하고 나면 따로 들어오는 수입 없이 남는 건 달랑 아파트 하난데 아파트를 갉아먹고 살 수는 없지 않겠니? 차라리 아파트 팔아 지방의 작은 도시로 내려가서 사는 건 어떨까?"

고민녀 2 홍대에서 공방을 하다 월세를 감당 못해 문닫고 잠시 쉬고 있는 친구

"월세 걱정 안하고 편하게 공방 운영할 수 있는 그런 곳이면 지방에서의 생활도 좋을 것 같아."

고민녀 3 시도 쓰고 꽃도 좋아하는 친구

"예술가 지원 프로그램이 잘 되어 있는 지방도시, 서울에서 그리 멀지 않은 곳이 있으면 나도 귀촌하고 싶다. 작은 텃밭도 가꾸고 좀 여유 있게 살고 싶어~."

서울 면적보다 더 넓다는 남원도 빈집, 빈 상가들의 증가로 쇠락해가는 구도심에 대한 고민이 깊은 도시 중 한 곳이다. 서울처럼 기존의 마을과 골목을 흔적도 없이 없애버리고 완전히 새로운 동네를 만드는 개발이 아니라 마을의 원래 모습을 최대한 지키면서 좀 더 깨끗하고 공간을 활용할 수 있도록 바꿔가는 일이 바로 남원 도시재생센터가 하는 일이라고 한다.

도시재생사업의 일환으로 사랑나눔어울림센터와 남원이음센터 등 공유 공간을 조성, 문화예술인과 청년들의 창업과 공동체 활동을 지

원하는 플랫폼으로 활용할 계획이라고 한다.

청년기에 남원을 떠나 이제는 신중년이 된 남원 출신들뿐만 아니라 남원과 지리산에서 제 2의 삶을 계획하고 있는 다양한 지역의 신중년들을 위한 주거 공간 확보와 마을기업, 사회적 기업 지원 활동에도 나서고 있다. 또한 신중년 예술인들을 위한 공동체 활동 지원과 공방, 전시 공간도 지원한다. 특히 주거 공간 지원을 위해서는 코업 레지던스의 형태로 시세보다 훨씬 저렴한 비용으로 거주할 수 있도록 함으로써 원도심에 다시 사람들을 불러 모은다는 목표를 가지고 있다. 도시재생을 통해 재탄생하게 될 남원시의 구도심에서 청년과 신중년이 어울려 살아감으로써 다시 남원의 중심이 될 수 있도록 한다는 것!

남편과 나의 세 번째 귀촌 조건, 일거리와 할거리도 해결!

남원은 앞으로도 수년 동안 도시재생사업이 지속될 예정이다. 도시재생관련 분야의 전공자와 경력자라면 새로운 도전을 해봄직 하다. 또한 노인복지관 취미교육 강사의 일자리도 추천한다. 남원 지역 내에 필요한 강사를 충분히 확보할 수 있는 여건이 되지 않아 많은 강사들이 남원 외의 다른 지역에서 오는 경우가 많다.

큰돈을 버는 것에 목적을 두는 것만 아니라면 재능 기부에 가치를 두고 용돈 정도의 수입에도 만족할 수 있다. 상담, 돌봄 등의 사회서비스 관련 일자리에도 도전해 볼 만하다.

외부의 신중년들이 남원이라는 새로운 지역 사회에 들어왔을 때 잘 정착할 수 있을까? 김근식 센터장은 그 질문에 이렇게 대답했다.

"사우나도 처음 들어가면 적응시간이 필요하듯 귀촌도 적응할 시간이 필요하다. 살던 곳을 떠나 새로운 곳으로 왔을 때 처음엔 당연히 낯설고 불편한 점들이 많을 수 있다. 3년 정도의 시간을 한 장소에서 지내본다면 분명히 그곳에서 즐겁고 편하게 살고 있는 자신을 발견하게 될 것이다.

도시재생지원센터의 도시재생대학에서 다양한 프로그램도 경험해보길 권하고 또는 자신이 가지고 있는 여러 가지 아이디어를 가지고 방문해 주는 것도 언제든 환영이다. 도시재생지원센터도 남원을 찾는 신중년들에 대한 다양한 지원을 끊임없이 모색하겠다."

자! 친구들아, 짐 다 쌌지? 남원으로 가자!

> "
> 희망이란 원래,
> 있다고도 할 수 없고 없다고도 할 수 없다.
> 그것은 지상의 길과 같다.
> 원래 지상에는 길이 없었다.
> 가는 사람이 많아지면 길이 되는 것이다.
> "

신유정

생활의 필수조건은 IT 세상에서, 삶의 진하고 짠한 맛은 연극을 통해서, 서로 달라서 값진 두 세상을 오가며 사는 경계인. 삶의 흔적을 고스란히 간직하고 있는 골목들이 살아 있고, 다채로운 공연을 마음껏 골라 볼 수 있는 맛에 20년째 파리 지역살이를 유지. 백 세 세상에 딱 절반을 살아 냄. 남은 시간이 너무 길지도 짧지도 않기를 바라며, 마침표 잘 찍는 연습을 시작하는 사람.

가는 사람이 많아지면 길이 된다

시간은 기다리지 않는다

'이곳이 아니라면 어디라도'라는 심정으로 무작정 프랑스로 떠났다. 연극만 하면서 살고 싶었다. 인생 3막의 시작이었다. 하지만 예술의 도시 파리에서도 연극만 하면서 살기 힘들다는 것을 알기까지 그리 많은 시간이 필요하지 않았다.

연극을 포기하거나, 돈 많은 남자를 만나거나, 돈 버는 기술을 배우거나. 현실적인 대안은 기술을 배우는 것이었다. 어쩌다 만난 웹 기술과 궁합이 잘 맞았던지 웹디자이너로 직장인이 되었다. 서른다섯이 되어서야 처음 갖게 된 생활의 안정이었다.

딱 5년 만 돈을 벌자, 그리고 무조건 연극으로 돌아간다. 하지만 5년은 7년이 되고, 다시 10년이 되었다. 연극과 연극 아닌 것 사이를 오가는 '경계인'으로 안정적이며 가끔 열정적인 척, 적당히 살아내고 있었다. 어느 쪽에도 만족하지 못했고, 그렇다고 어느 것 하나를 과감히 선택하지도 못했다. 여전히 시간은 내 편이라 여겨졌고, 조금 더 주저하고 미뤄도 될 것 같았다.

2013년. 막내딸 보러 오겠다고 만든 생애 최초의 여권을 안고 어머니가 훌쩍, 떠나셨다. 죽음은, 그렇게 적당히 살고 가려는 경계인의 삶을 멈춰 세웠다. 지금은 아니라고, 지금은 아니어야 한다고 아무리 외쳐대도 시간은 그저 제 길을 갈 뿐이었다. 그런 시간 앞에서 주저하고 망설이던 결정을 더는 미루고 싶지 않았다.

어디에서 어떤 모습으로 살아야 할까?

프랑스 동료들과 종일 일하고 집에 오면, 제일 먼저 하는 일이 한국어 방송을 틀어 놓는 일이다. 모국어 힐링 시간을 1시간 정도 가져야만 마음이 편안해 지는 이방인의 삶을 지속해야 할까?

'나이가 들면 태어난 곳으로 돌아가야 한다'는 말에 고개가 끄덕여지는 나이가 되니, 인생 4막의 장소는 아무래도 한국, 떠나온 곳으로 돌아가는 쪽으로 마음이 기울고 있었다.

무작정 정리하고 귀국하기엔 떨어져 산 세월이 너무 길었다. 그래서 1년간 무급 휴가를 내고 한국에서 살아보기로 하였다.

2019년 1월. 한국에 들어와 연극을 통한 예술 교육 프로젝트를 몇몇 곳에서 시도해 보면서, 연극과 함께 살아가는 인생 시놉시스가 점점 구체화되어 갔다.

연극이 지닌 놀이적이고 교육적이며 치유적인 요소들을 사람들이 일상에서 보다 쉽게 만나고 체험할 수 있는 기회가 많아진다면, 사회가 좀 더 안정적이고 포용적으로 되어 가지 않을까? 스무살 시절부터 꿈꾸던 '살맛 나는 세상'을 연극을 통해 만들어 가는 활동을 50+ 인생에서 이어가고 싶어졌다.

이왕이면 회색 빌딩 숲이 아닌 산과 들판을 한눈에 보며 흙내음 사이로 걸을 수 있고, 자전거로 1일 생활권이 되는 곳에서 말이다. 자연스럽게 서울과 대도시가 아닌 지방 소도시 어디가 좋을까? 느슨하게 이곳저곳을 보던 중, 남원과 마주하게 되었다.

우연히 마주한 남원, 그곳은 어떨까?

정보화 세상답게 검색창에 남원을 치니 수많은 정보가 쏟아졌다. 내 시선을 사로잡은 것은 딱 두 가지, '지리산', 그리고 '문화 도시'였다. 문화 도시 남원이라…, 음…, 정말 문화란 말이 안 붙는 데가 없구나 생각하며 곱지 않은 시선으로 보기도 했지만 호기심이 든 것도 사실이다. 왜 문화 도시 남원이라 했을까? 궁금하면 못 참는 성격이니 알아볼 일이다.

파리에서 30~40대를 1인 가구로 잘 보낼 수 있었던 것은, 물론 안정된 생활을 보장하는 직장이 있었기 때문이다. 하지만 파리가 가진 풍요로운 문화 예술 콘텐츠가 없었다면, 20여 년의 생활은 불가능했을 것이다.

녹록지 않은 이방인의 생활, 반복되는 일상의 지루함, 두고 온 것들에 대한 그리움, 그 누구도 위로가 되지 못하는 외로움. 그때마다 좋아하는 공연장을 찾았고, 전시장에 갔다. 거기서 일상을 지속해 가야 하는 이유를 찾았고, 삶의 위로를 받았다.

문화 도시 남원이 또 한 번 이런 경험을 줄 수 있는 곳일지, 누가 알랴. 그건, 가보지 않으면 절대 알 수 없는 것이다.

기타 소리가 전하는 잠시 머무를 이유

남원시 운봉읍 공안리에 위치한 백두대간 트리하우스. 첫날 머문 곳

남원의 소리를 연주하는 기타리스트 박석주의 공연이 진행 중이다.

이다. 저녁 8시. 가로등 하나가 비추고 있는 작은 야외극장. 나무 데
크로 만들어진 4~5열의 객석들. 객석 뒤쪽에 할로겐 조명 하나가 설
치된다. 가로등이 비치는 잔디 무대에 조명을 쏘아본다. 무대를 둘
러싼 울창한 소나무 숲으로 내리는 짙은 어둠은, 할로겐 조명 하나에
의지한 작은 무대를 더욱 환하게 만들어 주고 있었다. 어쿠스틱 기타
하나 안고 연주를 시작하기 전 자기 소개를 수줍게 하는 뮤지션.

"안녕하세요, 기타 치는 박석주입니다. 처음 들려드릴 곡은 산조인
데요, 기타 산조. 주변에 개도 짖고, 물소리도 나고, 바람도 좀 불

고…, 그래야 하는데…."

맥락을 이해하기 어려운 곡 소개였지만, 연주를 듣는 사이 모든 게 이해되었다.

짙어가는 어두운 고요를 깨어주는 청명한 물소리, 바람에 기댄 소나무들의 느린 움직임 소리, 무명 새들의 제각각 울음소리들이 무대와 객석 주변으로 자유롭게 오가며, 기타 산조의 여백을 자연스레 드나들었다. 마치 최고의 뮤지션 여럿이 즉석에서 서로의 흥과 리듬을 기가 막히게 조율해 가는 연주와 같았다. 자연과 사람이 이렇게 즉흥연주를 할 수도 있구나! 눈을 감은 채 그 자유롭고 조화로운 음악에 내몸을 맡겨 본다. 몸이 가벼이 바람 속을 날아다니는 것 같았다.

기타 산조에 이어 그는 농부의 하루를 담은 음악을 들려주었고, 놀고 먹는 한량의 삶을 익살스럽게 표현한 음악을 연주하기도 했다.

남원은 소리의 고장이란 자부심을 가진 곳이다. 판소리 동편제가 이곳에서 났으니 그럴 만하겠다. 그래서일까? 남원 토박이인 박석주의 기타 소리엔 전통 가락과 리듬이 많이 실려 있다. 하지만 그것이 박제된 소리가 아니어서 좋았고, 현재를 살아가는 남원 사람들의 삶과 남원이 가진 자연의 소리가 어우러져 있어 좋았다.

연주를 듣는 내내 어떤 영감들이 떠올라 연신 메모장에 적어 내려갔다. 문득 작업할 것을 가지고 내려와, 며칠 지내고 싶어졌다.

예술 작업을 하는 사람들이 갈망하는 것이 '그분이 오시는 것'이다.

예술혼을 톡, 깨워 주는 그분을 이곳에 오면 만나기 쉬울 거 같다는 생각에 입꼬리가 살짝 올라간다. 남원에 며칠 머무를 이유를 찾고 말았다.

'행동하는 소리'가 말하는 또 하나의 이유

'Sound in Action – 행동하는 소리'
이튿날 김병종미술관에서 만난 이 전시는 제목부터 호기심을 자극했다. 행동하는 소리의 의미도, 소리를 전시한다는 것도 궁금했다. 전시관에 들어서니 처음부터 관람객들의 행동을 요구하기 시작했다.

4개의 헤드폰이 벽에 걸려 있고 각 헤드폰에는 북, 장구, 꽹과리, 징 소리가 각각 녹음되어 있다. 헤드폰을 선택해 귀에 꽂고 서 있으면 한 악기 소리만 들린다.

하지만 서로 마주 보고 몸을 굽히면 상대 악기와 합주가 된다. 다시 몸을 일으켜 세우면 처음처럼 악기 하나의 소리만 들린다. 관객의 행동이 소리를 변화시키고 확장한다. 관객은 행동함으로써 새로운 소리를 만나고, 다른 움직임을 만들어 내기도 한다.

하나의 작품이 관객들의 참여로 확장되고, 재창조된다는 의미를 살린 이 전시는, 연극에서 중요시 여기는 현장성과 관객의 역할을 잘

헤드폰을 선택해 귀에 꽂고 서 있으면 한 악기 소리만이 들린다.
하지만 몸을 아래로 굽혀 앉으면 신나는 사물연주가 들린다.

담아내고 있어 아주 흥미로웠다. 남원에서 이 전시를 기획한 이유를 잠시 들여다보자.

민족 운동과 학생 운동, IMF 이후의 귀농 운동과 대안학교와 같은 한국 현대사의 주요한 맥락이 있는 공간이자, 제도화된 예술 공간들과는 거리를 둔 곳이 남원이라고 소개하는 전시 감독의 글이 눈에 들어온다. 이런 배경이 있는 곳이면 이야기가 많다. 다시 말해 발굴하고 꺼내어 다듬어 쓸 이야기거리들이 풍부하다는 것이다.

세간의 관심이 닿지 않은 곳에 숨겨진 이야기들, 일상을 조용히 살아내는 무명씨들의 평범한 듯 평범하지 않은 삶의 모습들을 연극에 담고 싶어 하는 나는, 이런 전시 기획을 하는 남원이 더 궁금해졌다. 기

획을 어디서 했나? 꼼꼼히 전시 글을 다시 살펴보니, 남원시 문화도
시사업 추진위원회란 이름이 눈에 띄었다.

SOUND IN ACTION

'남원사운드페스티벌: 행동하는 소리'를 위해 5명의 아티스트가 3개월간
남원에 관한 소리 작업을 만들었습니다. 남원은 지리산, 섬진강이라는 자
연환경과 농악, 동편제라는 소리 문화가 있는 특별한 공간입니다. 민족 운
동과 학생 운동, IMF 이후의 귀농 운동과 대안학교와 같은 한국 현대사의
주요한 맥락이 면면이 담긴 공간이기도 합니다.

배민경, 다이애나 밴드, 권병준, 기매리, 강영민이라는 참여 아티스트는 '남
원의 소리'라는 주제 아래 지역적, 생태적, 관객 참여적인 예술 작업을 선
보입니다.

(……)

제도화된 예술 공간들과는 제법 거리를 둔 남원에서 아티스트들은 일상 속
듣기 경험에 새롭게 활기를 불어넣을 즐거운 고민을 시작해 봅니다. 으레
껏 귀를 무시하는 현대인의 삶에서 청각적 변별력을 회복하고, 미술관 안
에서 미술관 밖의 소리를 들어보는 음향 공동체에 초대합니다. 우리는 함
께 민속, 자연, 지역이라는 주제를 듣기의 방식으로 경험할 것입니다.

글 ● 양지윤, 행동하는 소리 전시감독

삶의 소리를 담아내려는 문화도시

예술로 귀촌을 상상하거나, 문화적 놀거리, 볼거리, 할거리를 생각하며 남원에 온다면 문화도시사업 추진위원회에 꼭 들러보길 권한다. 남원은 시민자치 문화도시를 꿈꾸며 시민 중심의 문화 교육, 행사, 사업들을 많이 추진하고 있는데, 문화도시사업 추진위원회에서 그 자세한 내용들을 찾아 볼 수 있기 때문이다.

'행동하는 소리' 전시도 문화도시사업 추진위원회가 만든 '남원 사운드 아티스트 레지던시' 사업과 연계된 것이었다. 개인적으로는 남원

'남원 메모리즈'는 남원 시민들이 가지고 있는 사진 속에 담겨있는
남원의 근현대 생활사를 모으고, 기록하는 사업이다.

시민들이 가진 사진 속에 담겨있는 근·현대 생활사를 모으고 기록하는 '남원 메모리즈' 사업에 관심이 많다.

한 지역의 역사는 그 지역에 사는 한 사람, 한 사람의 삶이 모여서 만들어지는 것이다. 소리 없이 살아가는 무명씨들의 사진 속에 담겨 있는 시간의 역사를 기록하는 일처럼 의미 있고 재미있는 일이 또 어디 있을까? 이를 바탕으로 새로운 소설, 판소리, 음악, 연극 등이 지역민들과 함께 창작되고 향유된다면, 그것이야말로 예술로 만드는 지역 공동체가 아닐까?

문화 활동 통해 행복을 꿈꾸는 신중년들의 도시

남원의 문화 행정을 담당하는 시청 문화예술과 김은영 계장과 이항원 주무관. 남원 출신 두 사람이 말하는 문화 귀촌지로써 남원의 매력을 들어봤다.

Q 남원은 어떤 곳인가요?

김은영 남원하면 역시 자연이죠! 지리산. 남원은 지리산이죠. 소규모 문화 활동이 활성화되어 있고, 귀 명창들이 사는 곳이죠. 문화가 보편화된 곳이어서 향유할 것이 많아요. 남원에는 80여 개 동호회가

남원의 문화행정을 담당하는 시청 문화예술과 김은영 계장(오른쪽)과
이항원 주무관(왼쪽).

있는데 이 분들 활동이 정말 대단해요. 광한루, 예촌, 예가람길, 요양
원, 요천변 등에서 수시로 공연을 하고 있어요. 시민 주도의 문화 도
시다운 모습이죠. 또, 사람들이 선하고 순해요. 눈을 돌리면 곳곳에
관광 자원들이 풍부하고 공기가 맑고 깨끗하죠.

Q 귀촌을 꿈꾸는 이들이 있다면 어떤 말씀을 해 주실래요?

김은영 문화를 통해 일상의 작은 행복을 꿈꾸는 신중년들이라면 아
주 많은 활동들이 기다리고 있죠. 판소리, 도자기, 공예도 배울 곳이
많고 곳곳에서 볼 공연들과 전시도 많아요 시민들이 기획하고 만드
는 축제도 있어요.

Q 젊은 분들에게 남원은 어떤가요?

이향원 남원은 문화적인 열정이 넘쳐나는 도시에요. 여기저기 발길 닿는 대로 가더라도 도예, 회화, 전통음악 등 문화적 의미를 찾을 수 있는 활동들이 활발하게 진행되고 있어요. 춘향제는 이러한 남원 문화의 정수라고 할 수 있는 대한민국 최고의 전통문화 축제이고요. 전통이라는 말이 붙어 있어 고루하다고 생각될 수도 있지만, 남원은 오래된 전통만큼 현대적 아름다움도 뽐내는 대한민국 대표 문화도시라고 생각합니다.

김은영 요즘 청년들 프로젝트가 많이 기획되고 있어요. 문화예술과, 일자리경제과, 여성가족과에서 서로 협력하며 많이 고민하고 실행하고 있죠.

Q 연극에 관심이 있는 사람에게 해 주고 싶은 말이 있다면?

김은영 미술이나 음악 분야는 많은 활동이 있지만 연극은 아직 좀 낯선 예술이죠. 하지만 남원에도 연극활동을 하시는 분들이 많고, 일반인들과 함께 다양한 활동을 하고 계십니다. 음악, 미술 뿐 아니라 좀 더 다양한 예술활동을 지원하는 측면에서 연극활동에도 좀 더 관심을 가지려고 합니다. 이 모든 게 결국 남원시민들의 다양한 활동을 지원하는 일이니까요.

길을 알았으니 이제 걸어 보련다

며칠 걸어 본 남원은 예술로 귀촌 가능성을 지닌 곳이다. 하지만 '연극만 하면서 살 수 있을까?'라고 묻는다면 아직… 잘 모르겠다.

나이 들어가면서 좋은 점은 젊은 시절 보이지 않았던 것이 보이기 시작하는 것이다. 늙어간다는 것은 인간이 혼자 살아갈 수 없는 존재임을 인정하는 과정, 그래서 서로 비빌 언덕을 만들어가려 하고, 비로소 '함께 어우러지다'의 가치를 되찾아가는 것 아닐까?

연극을 포함한 문화 예술은 놀이 기능이 있어 사람들을 모이게 하고 함께 놀게 만든다. 모여 놀면서 서로 배우게 한다. 스스로 이야기하고, 듣고, 만들고, 나누면서 얽혀있던 매듭을 풀고, 자신과 타인 모두를 보듬고 치유하게 한다. 사람들이 모여 사는 곳에 문화 예술이 필요한 이유다.

어디 그뿐이랴. 문화 예술이 잘 가꾸어진 도시는 많은 사람들이 찾아오고, 지역 경제를 지속적으로 발전시켜 나가는 힘이 된다. 남원이 그 사례에 속하지 말란 법은 없지 않은가!

이번 여행을 통해 남원으로 가는 길을 알게 되었다. 이제 그 길을 천천히, 걸어가 봐야겠다. 남원역을 떠나는 기차 안에서, 루쉰의 글 한 자락을 되뇌어 본다.

"희망이란 원래, 있다고도 할 수 없고 없다고도 할 수 없다.

그것은 지상의 길과 같다. 원래 지상에는 길이 없었다.

가는 사람이 많아지면 길이 되는 것이다."

📍 문화도시사업 추진위원회가 시민들과 함께 만드는 문화프로그램

◎ **판 페스티발** ‖ 도시문화축제

◎ **꾼** ‖ 문화전문인력 양성프로그램

◎ **남원 메모리즈** ‖ 도시기억 기록 구축사업

◎ **청년문화포럼** ‖ 도시문화 경영

◎ **문화버스 구석구석** ‖ 문화답사 여행

◎ **남원루** ‖ 남원루 장소디자인 프로젝트

◎ **남원 사운드 아티스트 레지던시** ‖ 소리문화축제

◎ **시민문화반상회**

남원이 만드는 문화도시란?

진영관 ● 남원시 문화도시사업 추진위원회 사무국장

Q 남원이 만드는 문화 도시는 어떤 건가요?

A 서울에서 40년 살다 남원에 온 지 4년 정도 되었죠. 문화 도시 프로젝트를 맡게 되면서 온 겁니다. 1300년 된 도시에 겨우 4년 살고 남원이 어떤 곳이라고 말하는 건 좀 그렇습니다. 제대로 된 문화도시를 만들고자 지난 5년간 시민들과 함께 정신없이 달려왔습니다. 우리가 정의한 문화 도시는 '시민의 삶과 생활이 문화가 되고, 시민의 문화가 도시의 문화가 되며, 이를 통해 지역의 문화 가치를 고양하는 도시'입니다. 즉 시민들이 직접 만들어가는 문화 도시라고 이해하면 될 것 같습니다.

Q 문화 귀촌지로 남원을 생각하는 분들에게 조언을 한다면?

A 초창기 귀농·귀촌이 어떻게 하면 이주를 시킬까에 대한 고민이었다면 지금은 굳이 생활 터전을 완전히 옮기지 않아도 되지 않을까 생각해요. 완전 이주를 원한다면 단계를 밟아 천천히, 경험해 보기, 단기로 살아보기, 좀 더 길게 살아보기로 점진적 이주를 생각하시는 게 좋고요. 예술인들 혹은 문화 귀촌을 생각하시는 분들도 마찬가지 일 것 같아요. 남원에 오셔서 이곳의 특성을 살린 다양한 문화를 체험해 보고, 새로운 프로젝트나 문화 예술 프로그램을 제안해서 함께 작업해 보고, 지역 예술인들, 시민들과 네트워크를 만들거나 기존 네트워크를 활용해서 함께 활동해 보면서 시작하는 게 필요하지 않을까 생각합니다.

"
남원은 인프라가 부족하지만
인구가 적당하고 다른 지역에 비해
독창적이거나 혁신적인 코드를 가진 사람들이
많이 내려와 있어 인적, 물적 자원이
풍부한 곳으로 일할 여지가 많은 곳이죠.
"

최혜영
사람들과 어울리기 좋아하고 여행을 꿈꾸며 기획하고 실행할 때가 가장 신나는 50대 후반의 약사.
우리 몸을 건강하게 하는 것은 자연 속에 있고 몸의 자연 치유력을 높이는 것이 중요함을 알아 자연
속에 널려 있는 약이 되는 식물, 대체의학, 명상 등에 관심이 많음. 여행을 통해 만난 지역에 텃밭이
딸린 농가주택을 마련하여 지속 가능한 지역살이를 위해 다양한 경험을 쌓아가는 중.

땅부터 사지 말고 일단 먼저 살아보자

첫 실패에서 얻은 교훈

귀촌을 위해 몇 년 전 서까래와 구들장이 살아 있는 제법 넓은 텃밭이 딸린 오래된 농가 주택을 마련하였다. 지역 부동산을 통해 구입한 이후 현지 주민들이 알던 가격보다 훨씬 비싼 가격에 매입하였다는 것을 알게 되었고 한동안 속은 쓰렸지만 옆지기와 힘을 모아 낡은 집을 수리하고 필요한 부속물들을 마련하며 조금씩 생활 가능한 환경으로 바꾸어 나갔다.

지인들을 불러 자연에서 함께 시간을 보내는 것이 참 즐거웠고 주변에서 자라는 식물들의 이름과 효능을 알아가며 식탁에 올려 맛보는 행복과 식초나 엑기스 등을 만들어 나누는 행복은 덤이었다.

그러나 오래 지나지 않아 경험 없이 저질러 보자는 생각으로 시작된 생활은 지역에서 구체적인 일상을 살기에 힘든 여러 가지 상황들을 만나게 되었다

텃밭 활용에 있어서는 우선 손이 덜 가는 나무 위주로 심어 보았지만 관리가 어려웠고 눈 뜨면 자라는 풀들도 감당하기 어려웠다. 또한 연로하신 지역 어르신들은 다들 일하러 나가시는데 상대적으로 훨씬 젊은 우리들이 빈둥거리며 놀고 있는 듯한 모습이 신경쓰였고 그렇다고 몸을 쓰는 일을 하기엔 역부족이었다.

첫 1~2년은 관심 있는 지인들이 자주 오가며 함께 하는 즐거움을 누렸지만 그것도 한때였다. 게다가 연로하신 부모님 봉양 문제, 독립하지 못한 자식들 뒷바라지 문제가 생겼고 적합한 일자리를 찾기 어려워 경제적인 문제도 부담이었다.

다시 서울에서 일을 시작하고 한 달에 두어 번 도농을 오가게 되면서 더 나이를 먹기 전에 지역에서의 지속가능한 생활을 위해 무엇을 해야 할지 그동안의 생활에서 무엇이 부족했는지 생각해 보게 되었다.

지역에서 살기 위한 기본적인 교육을 받을 필요가 있었고 어느 정도 경제적인 뒷받침과 활력으로서의 일이나 활동거리, 외롭지 않게 서로 어울려 살면서 서로 도움도 주고 받을 수 있는 공동체가 필요할 것 같았다. 그래서 공동체가 활성화되어 있다는 남원의 민간 조직인

한생명과 공공 기관인 공동체지원센터를 방문하여 그들의 활동 내용을 알아보고 개인적으로 어떤 도움을 받을 수 있을지 살펴보았다.

공동체 생활 위한 지역 운동의 중심

인드라망생명공동체의 지역 단체로써 2001년 설립돼 남원, 함양 지리산 지역 운동의 중심적인 역할을 하고 있는 한생명은 귀농·귀촌, 생활 협동조합, 대안 교육, 생명평화운동, 마을 공동체 활동(5대사업)을 펼치며 삶의 결을 바닥부터 바꾸는 운동을 하고 있었다.

실상사에서 소유 농지 3만 평을 공동체 토지로 기증해 실상사 귀농학교가 만들어졌고, 매 기수마다 30여 명의 학생들이 26기 동안 꾸준히 배출되었으며 그중 3분의 1이 산내면 일대에 정착했는데 이것이 공동체를 움직이는 밑바탕이 되었다.

한생명 산하의 여러 조직들이 정말 많은 일들을 해내고 있었다. 먼저 '산내여성농업인센터'는 어린이집과 스스로 배움터 방과 후 교실을 운영하여 산내 지역 여성 농업인의 부담을 덜어 주고 있었고 다양한 문화 활동, 여러 강좌를 통해 공동체적 소통과 문화적 충족을 이루어 생동감 넘치는 농촌 생활과 자아실현의 기회를 갖도록 하고 있었다.

실상사 입구에 있는 '느티나무매장'은 실상사 농장에서 생산한 친환경 농산물과 생협 제품 유통을 통한 도농 교류의 역할을 담당하고 있었고 행복한 가게 '나눔꽃'은 지역 주민들의 기증품을 서로 나누기 위한 재활용 나눔 사랑방으로 마을 장터 참여 및 리폼 강좌 등의 활동도 하고 있었다.

'느티나무사랑방'은 복합 문화 공간으로서 뿐만 아니라 마을을 찾는 방문객 및 관광객들에게 남원 및 지리산에 대한 각종 정보와 자료를 제공해 여행과 휴식을 겸할 수 있는 방문자센터 역할까지 수행하고 있었는데 그 넓은 활동 영역에 감탄이 절로 나왔다.

또한 백일리 전원 마을 조성 사업으로 현재 20가구, 70여 명이 입주해 있다는 소식을 들으니 귀촌과 귀농을 꿈꾸는 이들에게 많은 희망이 되고 있다는 생각이 들었다.

현재 활동가는 총 13명으로 급여는 매장 사업, 어린이집, 농업인센터 등을 통한 수입과 인드라망생명공동체의 회원 회비로 충당하고 있다고 한다.

친절하게 많은 설명을 해 준 한생명 활동가 강양화 씨는 서울에서 귀촌한 지 10년째로, 남편이 1년 먼저 내려와 농사짓는 모습이 너무 행복해 보여 따라 내려왔단다.

처음에는 농사를 지었지만 지금은 현지에서 새롭게 할 일을 찾은 상태다. 남편은 면사무소에서 일하고 있고 자신은 한생명 활동가로 일하고 있었다. 노후의 삶에 대해 계속 모색 중이고 공동체 삶에 대한 희망도 여전해 부부가 다시 서울로 돌아갈 생각은 없다고 한다. 한생명이 종교색을 배제하고 있으나 실상사라는 비빌 언덕과 정신적 지주인 도법스님이 계셔서 많은 힘을 받고 있다고도 했다.

강양화 씨는 "농사만으로는 지역살이가 힘들어 2~3년 내에 실패하는 경우가 많다."며 "현재의 직업을 유지하며 기타 활동을 보태는 유연성을 갖고 접근하거나 최소한 1년 이상 지역살이를 체험한 후 이주를 결정하는 것이 좋다"고 이야기해 주었다.

체험에서 우러나오는 진정성, 그리고 삶에 대한 가치 기준을 재정립하고 생활에 대한 눈높이를 낮추고 시작해야 한다는 조언에 저절로 고개가 끄덕여졌다.

현재 한 달 살이를 모집 중에 있고 개인적인 집 구하기에 도움을 줄 수 있으니 언제든지 찾아오라는 말이 무척이나 반가웠고 든든한 이웃이 되어 줄 것 같은 생각이 들었다. 귀촌이나 귀농을 고민하는 사람이라면 꼭 찾아가 보시길.

전문 기술이나 재능 활용할 수 있는 일자리 많아

공동체 삶을 위한 일이나 활동거리를 위한 공공 기관의 도움을 알아보기 위해 찾아간 공동체지원센터는 2018년 2월, 마을 공동체의 활

공동체지원센터의 이지선 사무국장(왼쪽 첫 번째)은 정착 초기 부담스러운
투자로 인한 어려움을 경험삼아 귀농귀촌 희망자들을 위한 길잡이 역할을 하고 있다.

성화 및 시민과 행정의 중간 지원을 위해 지역 조례를 통해 만들어진
조직이다. 마을마다 숨어 있는 활동가들을 발굴하고 이들에 대한 지
속적인 육성 교육을 실시하고 커뮤니티를 구성하여, 많은 시민들이
즐겁게 참여할 수 있는 다양한 공동체를 만들어 가려고 노력하고 있
으며 다른 시군 공동체와 연계 활동도 하고 있었다. 만들어진 지 얼
마 안된 센터이지만 여러 가지 아이디어로 활발하게 움직이고 있는
느낌이 들었다.

구체적으로는 마을 활동 전문가 양성 교육의 일환으로 마을 공공 사
업에 필요한 사업계획서 작성, 회의 진행을 위한 퍼실리테이터 교육
등을 제공하고 있었고 주민 제안 공모 사업으로 우리 마을 공동체 창

안대회 등을 통해 지역이나 공동체의 특색이 살아있는 커뮤니티들의 여러 사업을 지원하고 있었다.

최근에는 남원미디어공방이 센터의 지원을 받아 남원의 역사와 문화를 담은 높은 퀄리티의 잡지를 발행하기 시작했으며 할머니들의 생애구술사 제작 사업도 진행하고 있다고 한다.

이 팀장은 오랫동안 대안학교 교사와 조합 활동 등을 해 오다 회의감을 느끼고 귀농을 결심했다. 전북귀농센터에서 활동하다 남원으로 오게 됐는데 2016년 정착 당시 농지와 집 마련하는 일이 버거워 공동체지원센터의 일을 시작하게 됐다. 다양한 아이디어로 일을 기획하고 실행하는 것을 좋아하는 자신의 장점을 살려 지역에 도움을 줄 수 있어 무척 다행스럽게 생각하고 있다고 한다.

초기 정착의 힘든 과정을 통해 교훈도 얻었다. 어떤 사업을 하더라도 멘토를 통해서 상세한 내용을 파악하고 경제적인 개념을 확실하게 가져야 한다는 것을 뼈저리게 느꼈다. 처음부터 과다한 비용을 들여 땅을 구입하고 집을 짓는 것보다는 거주 개념으로 살아보기를 통해 지역을 알고 지역살이에 대한 적성이 맞는지부터 파악하는 것이 중요하다는 것이다.

부부일 경우 우선 한 사람이 먼저 내려와 다양한 경험을 한 후 최종 결정을 하는 것도 좋으며 농촌이나 농업, 삶에 대한 종합적인 사고와 역량을 갖추고 있어야 한다는 것도 지적했다.

남원은 지리산 권역에서 가장 많은 면적을 차지하고 있음에도 불구하고
아직 잘 활용이 되지 않은 지역이 많아 일할 여지가 많은 곳이다.

이지선 팀장은 이 지역에서 할 수 있는 일과 활동에 대해서도 추천해
주었다. "남원은 지리산 권역에서 가장 많은 면적을 차지하고 있음에
도 불구하고 아직 잘 활용이 되지 않아 인프라가 부족하지만 인구가
적당하고 다른 지역에 비해 독창적이거나 혁신적인 코드를 가진 사
람들이 많이 내려와 있어 인적, 물적 자원이 풍부한 곳으로 일할 여
지가 많은 곳이죠."
이 팀장은 이 지역을 크게 동부와 남부로 나눠 볼 때 동부는 산악지
대로 고랭지 채소나 다품종 소량생산이 가능하고 남부는 평야지대이
기 때문에 원예도 가능한데 직접 농사보다는 농산물 가공업을 통한

브랜드화가 필요하다고 말했다.

또 노인 케어와 급식, 어린 아이들의 산촌 유학 등을 담당할 사회적 기업을 통해 새로운 일자리 창출도 가능하며 기존에 가지고 있는 전문 기술이나 재능을 활용할 수 있는 다양한 활동거리나 유연한 일자리가 많이 있다는 조언도 잊지 않았다.

공동체지원센터를 통하면 상담을 통해 씨앗 교육을 포함, 다양한 전문 교육을 받을 수 있고 전문가를 소개 받아 다양한 영역의 맛보기 활동 및 일거리 찾기에 도움을 받을 수 있다.

두 단체 담당자의 지난 세월에 대한 이야기를 들으면서 많은 시행착오를 겪었지만 현재의 삶에 만족하는 마음이 느껴졌고 용기를 내어 실천해 온 사람들이 가지는 자신감과 편안함도 엿보였다.

지역을 살리기 위해 여러 가지로 정책적인 지원을 하고 있는 행정기관의 노력과 함께 어우러져 많은 일들을 만들어가고 있는 사람들을 보면서 신중년들이 가진 여러 IT 관련 소양, 기존의 직업적인 경력을 지역에서 활용한다면 꼭 농사가 아니어도 많은 일, 활동거리를 찾을 수 있겠다는 생각이 들었다.

나 또한 귀촌을 시도했다가 다시 도농을 오가게 되면서 도시 생활의 편안함과 나태함에 물들어 머뭇거리고 있는 것은 아닌지 하는 생각이 들었다. 이번 여행을 계기로 귀촌을 통한 공동체적인 삶에 대한 오랜 꿈에 희망과 용기를 다시 잡은 것 같다.

> 젊었을 때 생계를 위해 접었던 꿈을
> 실현하는 기회가 된다면 더욱 좋겠다.
> 남원에 간다면 평생 음치로 살아온 나는 꼭
> 판소리를 배워보고 싶다. 결코 명창이 될 리는
> 없겠지만 그러면 어떤가. 내 만족을 느끼고
> 살아간다면 그만 아니겠는가.

지영진

서울, 목동에서만 25년을 꼬박 살았다. 삶의 경험을 풍부하게 하려면 사는 곳의 변화도 필요하지 않을까? 나이가 들어감과 동시에 안주하고 싶기도 하지만 분연히 깨고 나와 변화를 주고 싶어 남원에 다녀오고 글을 썼다. 비록 현실은 양가 부모님과 자식 사이에 끼어 아무 것도 못하고 있지만 남원에 가 있는 동안, 이 글을 쓰는 동안 오롯이 나만을 생각하는 행복한 시간이었다.

남원에서는 하고 싶은 것만 하고 살자

전셋집 옮기 듯 시작해 보는 귀촌

2년 전 강원도 홍천에 위치한 귀농귀촌체험센터에서 8개월간 귀촌 생활을 경험해 본 적이 있다. 많은 것을 배웠는데 특히 농촌의 실상을 조금이라도 엿볼 수 있었던 것이 기억에 남는다. 귀농·귀촌의 어려움을 직접 체험한 귀중한 시간이었다.

그 모든 어려움에도 불구하고 귀농·귀촌을 너무 어렵고 심각하게 생각할 필요는 없다는 생각이다. 대도시에서 2년에 한 번씩 전세를 옮기듯이 그저 거주지를 몇 년 옮기는 정도로 생각하고 가볍게 시작하면 어떨까.

살다가 너무 늙어 병원 가까운 곳이나 자식들 곁에 사는 게 필요하다면 다시 서울로 올라오면 될 일이 아닌가? 물론 우리 세대의 노후 종착지는 요양원이 아닐까 싶지만, 그저 귀농·귀촌도 대도시에서 지방으로 이사하는 정도로 생각하고 시작해도 좋겠다.

시골에는 토박이 농부도 있지만 귀촌인들도 많다. 전혀 새로운 환경에서 살아왔던 시골 농부도 사귈 수 있지만 귀촌이라는 비슷한 생각을 가진 익숙한 친구도 사귈 기회가 많다. 나이 들어가면서 농부도 사귀고 귀촌자도 사귄다면 인생을 더 풍요롭게 살 수 있지 않을까 싶다. 짧은 귀촌의 경험으로 비추어 볼 때 귀촌에 필요한 여러 가지 중에서 무엇보다 중요한 것은 귀촌해서 할 일을 찾는 것이다. 그러나 평생 열심히 일해서 적은 연금이라도 받는 사람이라면 돈을 버는 일보다는 봉사하는 삶을 산다면 좋겠다.

내려간 마을이 노인들이 주로 거주하는 곳이라면 일주일에 하루 정도는 운전을 해서 노인 분들의 편의를 봐준다든지, 학생들이 많은 곳이라면 작은 공부방을 열어서 공부를 가르쳐준다든지, 컴퓨터 사용법이나 스마트폰 사용법을 가르쳐준다든지, 도시 살았던 경험을 살려서 할 수 있는 일이 얼마든지 있을 것이다. 그러면서 마을 사람들과 교류도 하고 텃밭 농사라도 짓는다면 농사에 필요한 도움을 받으며 자연스럽게 시골생활에 융화되는 것도 가능하지 않을까.

생활비가 많이 들지 않는 것이 시골살이의 장점이고 굳이 경제 활동을 해야 할 나이도 지난 상황에서 봉사하며 남을 돕는다면 결국 자신을 위한 풍요로운 삶이 될 것이다.

특히 시골 아이들이 받는 교육이 대도시의 학생들보다 현저히 뒤떨어지는 것은 가슴 아픈 현실이다. 교육을 충분히 받은 세대가 귀촌한다면 그들을 위해 많은 일을 할 수 있다고 생각한다. 가르칠 인력이 부족한 것이 지금 시골의 상황이다. 방과 후 학교에서 봉사한다든지 개인적으로 공부방 같은 것을 열어서 그들을 대한민국의 동량으로 길러낸다면 무엇보다 보람 있는 일이 될 것이다.

꿈을 실현하는 삶

누구나 어릴 적 꿈 하나는 가슴에 품고 살아간다. 그림도 그리고 싶었고 노래도 하고 싶었고…. 남원에 가서 알게 된 것 중 하나가 남원은 문화 거점도시로써 많은 문화 활동이 가능한 곳이라는 점이었다. 특히 남원은 동편제의 고장이며 너무나 유명한 춘향전의 고장이기도 하다. 시민들이 주도하는 문화 사업이 많은 곳이고 재야의 숨은 고수들이 많은 곳이기도 하다.

생계를 위해 포기했던 어릴 적 꿈을 이루는 좋은 시기가 은퇴 이후의 시기라고 생각한다. 시골에 간다고 매일 산과 들만 보면서 사는 단조로운 삶보다는 무언가를 배우고 익히는 삶을 산다면 충분히 스스로 행복한 삶을 살지 않을까 싶다.

남원의 특징 중 하나가 시민들의 자발적 문화 활동이 활발하다는 것이다. 특히나 소모임, 마을 모임, 공동체 활동 등을 하면서 배우고 싶은 것을 배우고 동시에 지역 사회에 동화되는 기회를 찾는 것도 가능하다. 남원의 문화 활동에 관해 알아보기 위해 남원시 문화도시사업 추진위원회 진영관 사무국장을 만났다.

진 사무국장은 문화사업에 대해 직접 현장에서 뛰는 사람으로서 정부와 민을 연결시키는 작업을 하고 있었다. 남원소리두드림, 남원메모리즈, 남원문화버스구석구석, 청년문화사업 등 남원의 문화 자산과 문화 운동에 대해 차분하게 설명을 해주었다.

인상 깊었던 말은 "시민모두 기획자가 되어 더 이상 게스트가 아닌 호스트로서 문화 활동을 기획하고 실행한다"는 것이었다. 지속적인 문화 활동이 어떻게 가능한지 물었을 때 바로 시민들이 직접 모이고, 기획하고, 발전시켜 나가기 때문에 정부의 보조가 끊기는 시점이 오더라도 지속 가능하다고 대답했다.

남원시민원탁회의의 '문화도시를 부탁해'나 '문화반상회'가 대표적이다. 귀농·귀촌자들 중에는 문화사업이나 예술적 역량을 가진 사람도 많다. 그런 사람들이라면 아낌없이 자신의 재능을 발휘하여 어린 학생들을 가르친다든지 문화 기획에 참여하는 방법으로 지역 사회에 동화되어 살아간다면 좀 더 풍요로운 귀농·귀촌 생활을 할 수 있지 않을까 싶다. 남원은 커다란 공장이 거의 없는 곳이다. 그래서 세수도 부족하고 일자리도 부족하지만 그 덕분에 환경 파괴가 덜했고 지리산이라는 자원이 잘 보존될 수 있었다. 고마운 일이다.

무엇보다 이번 여행을 통해서 배운 점은 지리산과 남원의 연결 고리이다. 지리산은 구례, 하동, 산청 등지에서 간다고만 생각했지 남원이 이렇게 지리산과 밀접해 있는 줄은 전혀 몰랐다.

남원 사람들에게는 당연하게 생각되는 남원이 지리산의 시작과 끝이라는 사실을 많은 사람들이 알게 되었으면 좋겠다. 맛집도 많고 교통편도 좋은 남원을 통해 사람들이 지리산에 접근한다면 더욱 쉽게 갈 수 있을 것이다.

귀촌은 땅이 아니라 철학을 갖고 하는 것

남원에는 실상사가 있고 도법스님이 계신다. 실상사는 공동체 생활의 선구자 역할을 해온 절이다. 특히 IMF 외환위기 시절 많은 사람들이 어려움에 처했을 때 도법스님께서는 기꺼이 절 소유의 땅을 내어주어 많은 사람을 도와주셨다고 한다.

스님으로부터 귀촌할 때의 마음가짐에 대해 배웠다. 귀촌은 땅만 가

도법스님은 우리에게 '가득함도 빛나고 비움도 빛난다'는 실상사 입구의 주련처럼
'젊음도 빛나고 늙음도 빛나라'는 말씀을 주셨다.

지고 하는 것은 아니라고 생각한다. 개인마다 철학을 가지고 해야 힘
든 일이 있을 때 버티기가 수월할 텐데 그 철학을 도법스님께서 주셨
다. 스님은 스스로를 조롱거리의 삶이라 칭하셨다. 워낙 여러 가지
일을 하시다보니 이러저런 구설에 오르면서 하시게 된 생각이 아닌
가 싶다. 마음이 아팠다. 스님은 우리에게 '가득함도 빛나고 비움도
빛난다'는 실상사 입구의 주련처럼 '젊음도 빛나고 늙음도 빛나라'는
말씀을 주셨다. 비록 늙어가지만 나도 빛나게 늙어가고 싶다는 생각
을 했다.

스님은 늙음도, 심지어 죽음까지도 소중하고 좋다고 말씀해 주셨다.
얼마나 위안이 되는 말씀인지 모른다. 또한 나만, 내 식구만, 우리 편

만 옳다는 생각에서 벗어나 너와 함께 이웃과 함께 사회와 함께 의미 있고 도움이 되는 삶을 살아보자고 하셨다.

삶은 우리가 행하는 대로 만들어 진다고. 이 모든 스님의 말씀이 스님의 실천에서 나온 말씀인지라 더욱 마음에 새겨지는 귀한 말씀이었다. 우스갯소리로 어느 신부님께서 공동체 마을을 성공시키기가 순교하기보다 어렵다고 하신 말씀을 인용하셨는데 공동체 마을을 꾸려나가기가 얼마나 어려우면 저런 말씀을 하실까 싶어 또다시 마음이 아팠다. 우리 50대들에게 대한민국의 허리 역할을 당부하셨고 귀촌한다면 각자의 역할을 잘해낼 것을 당부하셨다. 귀농·귀촌에도 철학이 필요하고, 이론이 필요하다. 바로 그 철학과 이론을 말씀해 주신 분이 바로 도법스님이다.

귀촌에 필요한 것은 용기뿐

남원시 아영면 동갈길에 위치한 웰빙팜(www.jirisanproduce.com)을 방문하여 임송, 안명주 부부를 만났다. 두 사람은 귀농·귀촌으로 이제 자리를 잡았고 봉사활동도 하고 있었다. 웰빙팜은 한식양념세트, 두 번 발효 참송이간장. 곤드레나물 밥짓기용 등 과실과 채소를 가공, 제조하는 공장이다.

임송 대표는 한때 잘나가는 공무원이었지만 어느 날 문득 자신이 하고 있는 일이 똑같은 일의 반복이라는 생각이 들었다. 책상에 앉아 머리 쓰는 일이 아닌 몸 쓰는 일을 하고 싶어 한옥 짓는 법을 배운 후 목수 일을 잠깐 하기도 했다. 이후 남원에 정착했고 뜻한 바 있어 공장을 열었다고 한다.

그는 귀촌하여 일을 찾는다면 어려워도 농사 이외의 일로 눈을 돌려야 한다고 했다. 농촌도 사람 사는 곳이다. 도시 사람들이 좋아하는 것은 이곳 사람들도 얼마든지 좋아할 수 있으니 넓게 생각할 필요가 있다는 것이다. 무엇보다 귀촌을 생각한다면 필요한 것은 용기뿐이라고 말했다. 일단 와야지 생각만 한다면 절대 못 올 거라고 했다. 어쩌면 맞는 말이기도 하다. 아무리 준비를 완벽하게 한들 준비가 성공을 보장해 주는 것은 아닐 테고, 인생을 여행처럼 살아보라는 어느 분

임송(맨 오른쪽), 안명주(오른쪽에서 두 번째)부부는 웰빙팜이라는 식품 제조 공장을 운영하며 봉사활동도 활발하게 하고 있다.

의 말씀처럼 조금 긴 여행을 간다 생각하고 귀촌을 시작하면 어떨까.

한빛중학교 교사를 하다가 작년에 명예퇴직한 부인 안명주 씨는 "귀농 여부는 개인의 선택이지만 귀농하고자 한다면 일단 와라. 아니면 못 온다."라고 임 대표와 똑같이 말했다.

시골 학교의 어려움에 대해서도 많은 이야기를 했는데 부모로부터 제대로 된 보살핌을 받지 못하는 조손 가정과 다문화 가정의 어려움을 알게 되었다. 능력 있는 귀촌자들이 어학, 악기, 예능 등 다양한 강의를 방과 후 학교 같은 데서 한다면 큰 도움이 될 것이라고 했다. 시골 학교에서 직접 아이들을 가르쳤던 분에게서 학교의 실상을 들으니 가슴 아팠고 많은 50+ 귀촌자들의 역할이 기대되었다.

안명주 씨도 가능하다면 다문화 가정 학생들을 돕고 싶어 했고 공장 규모가 커진다면 이주 여성들에게 일자리도 제공하고 싶다고 했다. 그들의 희망이 이루어지길 응원했다.

귀농·귀촌이 신중년들에게 또 다른 밥벌이의 수단이 되기보다는 경제적인 부분이 아니더라도 가진 것을 베풀고 봉사하는 삶이 되었으면 좋겠다. 젊었을 때 생계를 위해 접었던 꿈을 실현하는 기회가 된다면 더욱 좋겠다. 남원에 간다면 평생 음치로 살아온 나는 꼭 판소리를 배워보고 싶다. 결코 명창이 될 리는 없겠지만 그러면 어떤가. 내 만족을 느끼고 살아간다면 그만 아니겠는가. 귀농과 귀촌을 하게 된다면, 하고 싶은 것만 하고 살고 싶다.

> 66
>
> 그들은 대부분 바쁘게 살면서,
> 스트레스 속에서 병에 걸리게 되었다고
> 아프게 울었다. 나름 치열하게 살아온
> 숨찬 생활은 나를 지치게 했고,
> 급격한 소진이 반복되었다.
> 힐링 여행을 떠나기 시작했다.
>
> 99

오방옥

삼십여 년 동안 부모와 직장인으로서 책임과 의무 때문에 깨금발로 열심히 숨차게 살았다. 그런데 쉰일곱 요즘 즐거워지기 시작했다. 낯선 풍경에 들뜨고 일상의 소소한 것들에 울컥하며 감동하는 것. 뜨고 지는, 가고 오는, 흐르고 차는 것, 이 모두를 내가 얼마나 사랑하는지 알았다. 빈.둥.거.림! 딱! 내 취향이다.

많이 와서 저랑 같이 삽시다

떠날 필요 없는 힐링 여행

나의 첫 시골살이는 국민학교 방학 때 언니들을 따라 내려간 충청도 할머니 댁에서 시작됐다. 여름방학이면 촌수만 아저씨인 머스마를 따라 땡볕에 논두렁을 달려 고기를 잡으러 갔다. 밤이면 달빛에 의지해 냇가에서 첨벙거리며 멱을 감았다. 겨울방학은 온통 눈 세상이었다. 기차역에 내리면 펄펄 내려 쌓인 흰 눈이 온 세상을 덮어 육중한 기차가 떠날 때조차 세상은 고요하기만 했다.

어른이 되어 간호사가 되었다. 마지막 몇 년 동안은 호스피스 병동과 암 병동에서 환자들과 함께 했다. 그들은 대부분 바쁘게 살면서, 스트레스 속에서 병에 걸리게 되었다고 아프게 울었다. 나름 치열하게 살아온 숨찬 생활은 나를 지치게 했고, 급격한 소진이 반복되었다. 힐링 여행을 떠나기 시작했다.

그러나 폐경과 함께 체력이 급격히 떨어지자 떠난다는 것도 일이 되어 버렸다. 아예 따로 힐링 여행이 필요치 않은 곳에서 먹고 살기의 가능성을 알아보고 싶어졌다.

노후의 삶이 조금은 평화롭기를 원했다. 평소 관심 있던 공동체 안에서의 생활이 가능한지도 알고 싶어졌다. 그러던 차에 이번 남원 여행을 통해서 산을 좋아하고 사진을 좋아하는 귀농 사진작가 강병규 씨를 만나게 됐다.

잘하는 사람 살살 꼬셔서 같이 해 봐요

길섶갤러리와 지리산구절초영농조합법인을 운영하고 있는 강병규 대표는 서울에서 직장인으로 지내다가 14년 전 귀촌해 남원·지리산 자락에 터를 잡고 살고 있는 귀농인이다. 그는 아직 거칠고, 사람의 손이 닿지 않았던 임야 1만 6천 평 정도를 아주 싼값에 매입해 삶의 터전을 마련할 수 있었다.

길섶갤러리에는 지리산 산내면에서 생산되는 닥종이에 인화한 지리

사진작가이자 귀농인으로 귀농 14년차를 맞은 길섶갤러리
강병규 대표(가운데)다.

산 사진들이 전시되어 있으며 다양한 체험 프로그램도 운영하고 있다. 태풍이 올라오며 찬비가 제법 내리는 저녁에 길섶에 도착했다. 그가 해준 음식들을 먹고, 맥주와 막걸리도 마시며 이야기를 나누었다. 귀농·귀촌을 원한다면 자신이 생각하는 삶을 충족 할 수 있는 요건을 갖춘 곳인지(경관, 지역문화, 공동체의 특징) 면밀히 검토 후 결정하는 것이 좋을 것 같다고 했다. 그리고 장기간 천천히 성과를 만들어갈 마음가짐이 필요하다고도 했다.

길섶에서는 맛있는 식사와 차, 그리고 술이 제공되며 황토방에서 잠잘 수 있고, 하루나 이틀 쉬었다 갈 수 있다. 그리고 강 대표가 찍은 지리산 사진들도 전시되어 있다. 강 대표는 지금까지는 지리산을 촬

따로 힐링 여행이 필요치 않은 곳에서 먹고 살기의 가능성을 알아보고 싶어졌다.

영해 왔는데 앞으로는 지리산에 사는 사람들의 이야기들을 담고 싶다고 한다.

그가 생각하는 신중년의 귀농·귀촌이란 어떤 것일까?

"내려와서 커피 좋아하시는 분들은 예쁜 커피숍도 하는데, 혼자 하지 말고, 유기 농업에 관심이 많은 사람하고 같이 하는 거예요. 좋은 농산물을 유통했던 경험이 있는 사람은, 다른 농사 잘 짓는 사람들을 살살 꼬셔서 같이 조그맣게 해 볼 수도 있고요."

선주민들과 함께 상생할 수 있는 일을 말하는 것 같았다. 그는 남원·

지리산에서 마을기업으로 구절초를 이용한 경관농업도 하고 있었다. 산중턱을 조금만 올라가면 소나무 숲이 있고, 그곳에 하얀색과 연분홍색이 어우러진 구절초 군락지가 있다.

"구절초는 지리산을 대표하는 야생화예요. 여기서 아래를 내려다 보면 마을이 참 예뻐요. 11월, 12월쯤 되면 지리산을 빵 둘러서 중턱 위로는 눈이 하얗게 쌓이죠. 그렇게 4~5개월을 가요. 이게 진짜 알프스인거죠. 얼마나 아름다운지 몰라요."

강병규 대표에게 의미 있는 삶이란 무엇일까 궁금했다. 그는 이곳에서 사회적 기여를 하는 모델 중 가장 비중이 큰 것은 일자리 창출이라고 했다.

가을이면 구절초 축제가 열리는데 구절초가 마음껏 피는 날을 골라 산내면 취약 계층 마을 노인들에게 일자리를 제공하며 구절초를 이용해서 여러 가지 상품을 만들어 판매하기도 한다.

어떤 일과 어떤 아이템과 어떤 마음가짐으로 하느냐가 중요하다고 했다.

"이 땅에 태어나서 결국 이 땅에서 죽을 건데 보람 있고, 의미 있고, 그걸 인정받는 일을 하면서 살아갈 수 있다는 것이 엄청나게 고맙게 느껴져요."

길섶을 떠나기 전 강병규 대표가 우리를 꼬셨다.

"많이 와서 저랑 같이 삽시다."

사회적 농업을 다시 생각하다

이번 여행을 통해서 사회적 농업에 대해 생각하게 되었다. 사회적 농업이란 농업 활동을 통해 장애인 등 취약 계층의 농촌 생활 적응과 자립을 목적으로 돌봄·교육·일자리 등을 제공하는 것을 말한다. 수요자가 돌봄형, 돌봄+고용형의 2개 유형을 선택해 이용할 수 있는 맞춤형으로 개발됐다.

돌봄+고용형은 사회적 농업 관련 조직, 교육 농장 등 기존 농장을 권역별 특화 사회적 농장으로 육성해 장애인, 노인, 취약계층 등을 대상으로 자립을 통한 일자리 창출을 목적으로 한다. 경제적 소득만큼이나 스스로가 어딘가에 쓸모가 있는 사람이라는 걸 느끼게 해주는 다양한 프로그램들이 필요한 것 같다.

유럽에서는 1970년대부터 민간 주도로 사회적 농업이 시작됐다. 이탈리아의 사회적 협동조합 '아그리콜투라 카포다르코(Agricoltura Capodarco)' 농장이 대표적이다.

독일 학자 유스투스 리비히의 '최소량의 법칙'이 있다. 식물 성장을 좌우하는 것은 넘치는 요소가 아니라 가장 부족한 요소라는 것이다. 사회도 마찬가지다. 우리 사회 전체가 행복해 지려면 사회적 약자들도 행복해야 한다.

농업 활동을 통해 장애인 등 취약 계층의 농촌 생활 적응과 자립을 돕는
사회적 농업에 대해서도 다시 생각하게 되었다.

행복을 나누는 재활용 나눔 사랑방

계속 내리는 비로 우산을 썼으나 신발은 무겁게 젖어 있었다. 산내면
실상사 초입의 사단법인 한생명 사무실에 도착하니 강양화 씨가 순
하게 생긴 청년 한 사람과 같이 일하고 있었다. 그녀는 몇 년 전 남편
이 먼저 귀농하여 이곳으로 들어왔다고 한다.

남편은 화장실도 없고 몹시 초라한 빈집을 스스로 고쳐가며 살았는
데, 보기에 거지꼴로 너무나 고생을 하고 있었음에도 불구하고, 본인

은 정말로 행복했다고 한다. 뒤늦게 강양화 씨가 아들과 같이 합류하여 지금까지 살고 있다.

한생명에서는 지역 주민들의 자립과 협동의 삶을 사는데 도움을 주는 일을 하고 있었다. 그리고 사무실 옆에는 행복한 가게 '나눔꽃' 운영을 하고 있다. 지역 주민들이 기증해주는 옷, 신발, 소품 등을 서로 나누기 위해 2012년에 개설한 재활용 나눔 사랑방이다. 재활용품 순환을 통해 친환경적 생활 문화를 만들어 나가는 한편, 재사용품을 새롭게 디자인(리폼 강좌)하여 다시 쓰는 활동도 하고 있다. 자립과 협동의 삶을 사는 산내마을 공동체를 위해 고민하고 지원하고 있었다. 사무실 앞쪽으로 커다란 난로가 있었는데, 추운 겨울에는 뜨겁게 타올라 지나가던 주민들이 뜨끈하게 몸을 덥히고 간다고 한다.

오후 네 시가 훌쩍 지나자 동네 사람들 여럿이 편하게 들락날락하고 있었다. 마을의 사랑방 역할도 하고 있는 듯했다. 고개를 돌려 맞은편을 보자 인월, 함양으로 갈 수 있는 버스 시간표를 가장 잘 보이는 곳에 크게 붙여 두었다. 시골에서 살면 가장 중요한 필수 정보다. 산내면 실상사 앞 한생명 건물 앞에 서기도 하는 고속버스는 인월에서 함양을 거쳐 서울 동서울터미널까지 세시간 남짓 걸린다고 한다. 함양에서는 진주나 통영, 부산으로도 갈 수 있다.

잠시 가만히 앉아있던 그녀가 말했다. 도시에 살고 있는 연로하신 친정 부모님은 늦은 밤이면 시골에 내려와 살고 있는 딸에게 자주 전화를 하신다고.

그러면, 하는 얘기를 끝까지 들어드리고, 자식 걱정하지 않도록 안심을 시켜드린 후 전화를 끊는다고. 제법 건강하고 씩씩한 모습의 그녀에게서 말없는 대답을 들은 것 같다. 그럼에도 불구하고 이렇게 살아가도 괜찮은지.

> **"**
> 사회에 공헌할 수 있는 일들은 많다.
> 어떤 일로 어떻게 공헌할 것인가는 중요하지 않다.
> 생각하고 있는 일들을 실천해서 보람을 느끼면
> 그것으로 충분할 것이다.
> **"**

박창원

대학졸업 후 건설사에 입사, 33년을 국내, 해외를 오가며 엔지니어로 근무하다 정년퇴직 했다. 사회로부터 받은 혜택에 보답하고자 고령사회에 진입한 우리 사회의 노인 건강과 관련된 사회체육을 공부하고 있다. "건강해야 행복하고 행복해야 즐거운 삶, 우리 모두 함께하는 건강한 우리를 위하여!"라는 슬로건과 함께 뜻을 같이하는 분들과 사회공헌활동을 하면서 보람을 느끼고 있다.

인생 후반전은 이웃과 사회를 위해

주말농장에서 느끼는 작은 행복

5년 전부터 경기도 화성에 있는 농장으로 주말에 한두 번 씩 농사를 지으러 간다. 일명 주말농장이다. 계절에 따라 고구마, 감자, 고추, 배추, 들깨, 매실 등을 재배한다. 수확해서 판매할 정도는 아니지만 이웃이나 지인들에게 나누어 줄 수 있는 정도의 양은 된다. 이전에는 농사를 짓는 것에 대해 생각해 본 적도 없었다.

학교를 졸업하고 서울에 있는 대기업에 입사해 이 시대 최고가 된 기분으로 양복에 넥타이 메고 가슴 쫙 펴고 어깨에 잔뜩 힘주고 아침부터 숨이 팍팍 막히는 지옥철에 온몸을 땀에 적신 채 씩씩하게 출근을

했다.

결혼을 하고 근무 연수가 늘어날수록 회사 일은 나의 전부가 됐고 그 보상으로 승진도 빨랐으며 나름대로 출셋길에 들기도 했다. 그러나 회사 일에 매진하면 할수록 몸과 마음은 무거워졌다. 물론, 집안일은 뒷전이었다. 머리는 항상 띵하고 가슴은 답답했지만 그렇게 사는 것이 당연하다고 생각했다.

어느 날 회사 게시판에 직원 부고가 떴다. 같은 부서에서 일했던 동료는 아니지만 회사 내 명성이 높았던 간부 사원이었다. 우리나라 최고 대학에 최고 학부를 나온 엘리트였는데 스스로 생을 달리 했다는 것이다. 나중에 들은 이야기로는 우울증이 있었다고 한다. 그동안 얼마나 많은 스트레스가 있었는지 나는 안다. 그 직원 부고를 보고 정신이 번쩍 들었다. 나도 그 친구와 같이 될지 모른다는 무서운 생각이 들었다.

무엇을 위해, 무엇 때문에 사는 것인지 고민하며 지금과 다른 삶, 자연과 함께 하는 귀촌을 생각했다. 하지만 여러 여건이 쉽지는 않았다. 그래서 차선책으로 찾은 것이 주말농장이다.

수도권에 지인이 가지고 있는 농지를 일부 얻어 텃밭을 일구고 주말은 가족과 함께 농장에 가서 농작물을 키우며 시간을 보냈다. 가족과의 시간이 많아졌고 건강도 좋아졌다. 주말농장은 가족과 함께 내 삶에 새로운 활력을 주었다.

정년퇴직을 하고 난 지금도 주말농장에 매주 간다. 그동안 갈 때 마다 뵙던 어르신들이 몇 분 계신다. 최근에는 젊었을 때부터 해오던 운동인 헬스를 활용하여 어르신들에게 몇 가지 운동을 가르쳐 드리고 있다.

요즘은 농촌 마을에 가면 대부분 조그만 공원에 몇 가지 운동 기구를 비치하여 지역 주민들 누구나 언제든지 운동할 수 있게 만들어 놓은 곳이 많다. 이곳에서 한두 달에 한 번 정도 어르신들과 함께 운동을 한다. 간혹, 노인정에서 하기도 한다. 자주 하지는 못하지만 좋아하시는 어르신들을 보면 보람을 느낀다.

하지만 조금 먼 곳에 계신 어르신들은 이동의 불편함으로 인해 올 수가 없다고 하신다. 운동 횟수도 늘리고 먼 곳에 계신 어르신들도 참여할 수 있는 방법이 있으면 좋겠지만 개인적 한계로 인해 아쉬울 따름이다.

이웃과 함께 하는 사회를 위해

얼마 전 귀농·귀촌에 대한 다양한 방법을 모색해 보는 프로젝트에 참여하면서 춘향의 도시인 남원을 여행했다.

그곳에서 만난 실상사 도법스님과 사회적 협동조합 지리산이음 오관

도법스님 말씀을 가슴에 새기며 이웃과 함께 사회에 도움이 되는 삶이 무엇인가
다시 한 번 생각해 본다.

영 대표는 작년 말 정년퇴직을 하고 인생 후반전에 무엇을 할 것인가를 고민하는 나에게 나침반이 되는 말씀을 해 주셨다.

도법스님은 우리 사회에서 관심을 두고 있지 않던 도시인들의 귀농·귀촌에 처음으로 도움을 실천하신 분이다. 지자체 주요 정책인 귀농·귀촌 사업이 시행되기 훨씬 전인 1998년에 실상사 소유 농지를 제공, 현장 실습 위주의 3개월 과정을 개설하여 우리나라 귀농·귀촌 사업의 근간이 된 귀농학교를 최초로 설립하였다.

그로부터 약 20년이 지난 지금, 귀농·귀촌인들이 산내면 전체 인구 약 2천여 명 중 30%인 6백 명 정도를 차지하고 있다. 지금은 전국 지자체 귀농·귀촌 정책의 좋은 모델이 되었다.

도법스님께서는 "어디에서 우리는 길을 잃은 것인가?"라는 질문을 우리에게 던진다. 이는 자신이 지금 무엇을 위해 무엇 때문에 사는지도 모르는 미련한 존재라고 말씀하신다.

"지금까지는 나와 내 식구들을 위해 살았다면 인생 후반전은 이웃과 함께 사회를 위해 의미 있고 도움이 되는 삶을 살아 보라"는 도법스님 말씀을 가슴에 새겼다.

나는 우리나라가 고령사회에 진입하면서 겪고 있는 노인 문제에 관심이 많다. 특히, 도시 노인보다는 제도권에서 소외되어 건강 관리를 받지 못하는 농촌 노인의 체력 관리 문제에 관심이 많다. 사회 체육과 함께 노인 스포츠 관련 공부도 따로 하고 여러 분야의 노인 관련 프로그램에도 참여하여 향후 귀촌을 통해 어떻게 접근하고 운영할 수 있을지 고민하고 있다.

소외된 노인들 위한 봉사활동을 꿈꾸다

지리산권 농촌 지역의 자치 공동체 활동을 지원하여 새로운 대안적 삶의 가치 조성을 위해 8년 전 귀촌해 남원 산내면 지역에서 활동하고 있는 지역 활동가인 사회적 협동조합 지리산이음의 오관영 대표를 만나 귀촌과 귀촌 후 할 일에 대한 의견을 들었다.

오관영 대표는 젊었을 때부터 시민단체 일을 하면서 더 나은 사회에 대해 고민을 하면서 살아왔다고 한다. 나이 오십 즈음에 시민 단체 일을 젊은 후배들에게 물려주고 귀촌을 통해 지역 사회에 공헌할 수 있는 일을 찾았다.

실상사 도법스님의 귀농학교를 통해 남원 산내면에 귀농·귀촌 인구가 늘어나고 뜻을 함께 하는 분들이 많아지자 공동체 활성화를 위해 나섰다.

사회적 협동조합 지리산이음은 지리산권 사람들의 협동과 연대를 통한 사회적 경제 활성화를 위해 만들어진 조직이다. 마을 자치 공동체 활동을 지원하며 배움과 소통, 나눔의 문화를 확산하고 지리산에서의 새로운 실험과 대안적 삶의 가치가 사회 곳곳으로 퍼져나갈 수 있는 기반을 조성하기 위한 활동을 전개하고 있다고 한다.

남원은 교통이 편리하고 지리산으로의 접근도 용이한 곳이다. 또한, 산내면은 지리산에 들어가는 입구 같은 곳으로 계절적으로 차이는 있지만, 관광 수요가 항상 있어 전국적으로 잘 알려진 곳이기도 하다. 지리산을 찾는 사람들의 휴식과 충전을 위한 창의적인 일들을 찾아 귀농·귀촌을 하는 분들과 함께 지역 주민들이 참여하는 지리산권 경제 네트워크를 구축하여 개인과 지역이 함께 발전하는 기반을 만들고 있다고 한다.

사회적 협동조합 지리산이음은 지리산권 사람들의 협동과 연대를 통한
사회적 경제 활성화를 위해 만들어진 조직이다.

남원 산내면에는 70세 이상 노인들이 약 4백20명 정도로 전체 면 인
구의 20% 정도를 차지하고 있다. 고령 인구의 비중이 높다보니 이들
을 대상으로 봉사활동을 하는 사람들도 있다. 산내에는 독거노인 집
수리와 겨울철 땔감을 지원하는 '두꺼비'와 반찬 배달을 하는 '개미'라
는 동아리가 열정적으로 활동 중에 있다. 매년 겨울 놀이마당을 기획
하고 공연하는 '산내 놀이단'의 활동도 돋보인다.

노인 건강 프로그램 관련해서는 보건소에서 지원을 하고 있는데 지
역이 넓고 각각의 노인들에 대한 여건이 달라 모든 분들에게 혜택이
돌아가지는 않는 것 같다고 한다.

공동체 자체적으로 제도권에서 소외된 농촌 노인 건강과 관련된 프

지리산을 걸으면서 남원의 자연환경과 문화를 체험해 보는 것도 좋겠다.

로그램을 추가한다면 지역 노인들을 위해 좋은 일이 될 것이라며 지자체와도 협의하여 적극 추진하면 좋겠다고 하였다.

마지막으로 그는 귀농·귀촌을 준비하는 분들을 위해 꼭 해 주고 싶은 말이 있다며 "지리산 둘레길을 한번 걸어보라"고 했다.

"지리산을 걸으면서 남원의 자연환경과 문화를 체험해 보고 느낀 그대로 실천해 보기 바랍니다. 또한, 귀촌할 지역에 일정 기간 내려와 시험적으로 살아보고 귀촌하는 목적에 부합하는지 확인하면서 하나하나 준비하시는 것도 좋은 방법입니다."

오관영 대표는 희망이 가득한 환한 웃음으로 마무리 인사를 했다.

사회에 공헌할 수 있는 일들은 많다. 어떤 일로 어떻게 공헌할 것인가는 중요하지 않다. 생각하고 있는 일들을 실천해서 보람을 느끼면 그것으로 충분할 것이다. 정년퇴직 후 인생 후반전, 이웃과 사회에 공헌하는 일을 찾아 귀촌을 준비하는 나로서는 내가 해야 하는 일이 무엇인지 한 발짝 더 나가는 계기가 되었다.

> **"**
> 텃밭을 가꾸며 경험한 자연의 신비함은
> 늘 내게 감동을 주었다. 봄에 뿌린 씨앗이
> 어느덧 잎이 나고 열매를 맺는 것을 보면
> 생명의 신비함이 우주를 보는 듯했다.
> **"**

신창용

34년간 대기업에 근무하며 전산시스템을 개발하고 운영하는 프로젝트를 수행했다. 2013년 봄, 갑작스러운 퇴직으로 방황이 시작되다. 길을 걸으며 지금까지와는 다른 삶! 오롯이 내가 행복한 삶을 찾아 길을 나섰다. 새로운 세상으로 여행은, 젊음을 느끼게 하고 도전에 가슴 떨리게 한다. 짜인 틀에서 벗어나 희망을 찾아 '끝없는 도전, 멀고먼 길'로 떠나는 인생 여행이 늘 기다려진다.

일자리 많은 남원으로 오라!

귀촌에 대한 고민

"우리 지방으로 내려가 살아볼까?"

수년 전 갑자기 직장을 그만두게 되어 답답하고 막막한 심정으로 아내에게 귀촌을 제안했다. 사회로부터 버림받은 것 같은 소외감과 배신감으로 주변 사람과의 만남도 부담스럽게 느껴지던 시기였다. 어디론가 도망치듯 연기처럼 사라지고 싶은 심정이었다. 그런 심정을 잘 알던 아내였기에 내 제안을 쉽게 받아 주었다.

"어디 가고 싶은 곳은 있어? 그동안 일하느라 고생했는데 쉴 겸 내려가 볼까?"

나와 아내 모두 서울 태생이라 시골살이 경험이 없다. 서울서 태어나 시골 생활은 어릴 적 외갓집 나들이가 고작이고, 동네 한구석 텃밭 농사가 전부였다.

텃밭을 가꾸며 경험한 자연의 신비함은 늘 내게 감동을 주었다. 봄에 뿌린 씨앗이 어느덧 잎이 나고 열매를 맺는 것을 보면 생명의 신비함이 우주를 보는 듯했다. 아마도 이런 느낌이 힘들어 하던 나를 귀촌하라고 유혹한 것 같다. 퇴직 이후 무작정 귀촌한 친구가 있어 그에게 이유를 물었다.

"복잡한 도심보다는 자연경관이 좋은 곳에서 부부가 함께 조용히 살고 싶었어. 그런데 3개월쯤 지나면 주변 경관도 잘 보이지 않고, 할 일 없이 지내는 것이 너무 지루해. 그래서 다시 익숙한 도심으로 돌아갈까 고민 중이지."

친구 말처럼 단순히 아름다운 자연과 풍성한 자원만 기대하고 나 홀로 귀촌 생활을 꿈꾸며 지역에 정착하기는 쉽지 않은 것 같다. 지역 사회에 뿌리를 내리고 살아가려면 지역민과 함께 호흡하며 반드시 소일거리가 함께 병행되어야 가능하다는 것을 알게 됐다.

귀촌을 결심하고 서울시 농업기술센터와 귀농·귀촌 아카데미에서 간단한 농업기술과 귀촌 교육을 받으며 틈틈이 정착할 지역을 찾아다녔다. 귀농·귀촌 선배와 귀농귀촌종합지원센터로부터 많은 조언도 들었다. 긍정적인 조언보다는 부정적인 조언이 많았다. 그중에서

전원생활을 꿈꾸며 실상사의 평화로운 풍경소리와 어머니 품 같은 넉넉한 지리산이 좋아
이곳으로 터전을 옮긴 사람들이 많다.

도 가장 인상적이었던 조언은 이주하기 전에 '1년 살기'를 하며 시골
에서 사계절을 체험한 후 결정하라는 것이었다.

느낌만으로 선뜻 귀촌을 결심하기엔 부족한 것이 많다. 평생 길들여
진 도시의 편리함이 나를 쉽게 놓아주지 않았고, 전혀 경험해보지 못
했던 새로운 시작에 대한 두려움도 귀촌을 더욱 망설이게 했다.

뿐만 아니라 "시골에서 무엇을 하며 살까?"에 뚜렷한 대안도 없었다.

쉽게 결정을 못하고 고민하던 중, 새로 일자리를 얻으면서 귀촌의 꿈

은 잠시 접게 되었다.

한편으론 익숙한 도심 생활로 다시 복귀하면서 고민이 마무리 된 것 같아 다행스럽게도 생각되었다. 늘 시간에 쫓기듯 여유 없이 살아가는 도심의 일상으로 돌아왔지만 늘 마음 한 구석엔 귀촌의 불씨는 남아 있었다.

도심 생활에서 권태와 피로가 쌓여가던 어느 날, 우연히 마주한 서울시도심권50플러스센터에서 날아온 '50+, 남원·지리산에서 길을 찾다'라는 프로그램 안내를 보고 가슴 속 깊이 가라앉아 있던 귀촌의 꿈이 다시 꿈틀거리기 시작했다. 더 늦기 전에 귀촌의 꿈을 향해서 내 삶의 새로운 길을 찾아야 할 것 같은 사명감에 남원으로 끌려오듯 내려왔다.

귀촌을 포기하고 돌아온 사람들

남원에는 춘향이와 광한루만 있는 줄 알았다. 그러나 남원으로 귀촌한 분들을 만나며 채 하루가 지나지 않아 이런 내 생각이 잘못되었다는 것을 알았다. 남원은 매년 약 7백 가구, 1천여 명의 귀농·귀촌 인구가 꾸준히 유입되는 지역이다. 대부분 전원생활을 꿈꾸며 실상사의 평화로운 풍경소리와 어머니 품 같은 넉넉한 지리산이 좋아 이곳

교수로 은퇴한 후 아영면으로 귀촌하여 흥부마을
영농조합법인을 이끌고 있는 이영석 대표.

으로 터전을 옮긴 사람들이다.

남원은 지역 주민들이 지역 사회의 변화를 만들기 위해 세대 간 소통
과 융합이 많이 이루어진 곳이다. 다른 지역에 비해 젊은 세대와 귀
촌인도 많이 늘어났다. 그런 면에서 남원은 다른 지역보다 많은 가능
성을 찾을 수 있는 곳이다. 지역민과 얘기하다 보면 고향 외갓집에
온 듯 따스하고 넉넉한 인심과 호의가 느껴진다.

지리산 둘레길에서 친구 세 가족이 함께 땅을 사서 집 짓고, 텃밭을
가꾸며 어울려 사는 분들을 만났다. 이곳에서 지역 커뮤니티에 참여
하여 공부와 활동도 하고, 지역 분들과 친교도 나누며 자연과 더불어
살고 계시는 모습이 평화롭게 보인다. 커피 향 그윽한 그들의 안식처
에서 소일거리로 게스트하우스 수토산방을 운영하며 일과 생활을 함

께 누리는 여유 있는 삶의 모습을 볼 수 있었다.

한국농수산대학교 교수로 은퇴한 후 어머니와 장모님을 모시고 이주한 분도 만났다. 아영면으로 귀촌하여 얼떨결에 흥부마을 영농조합법인 대표가 된 이영석 교수의 사연도 남다르다. 교수로서의 역량과 지식을 활용하여 마을 밭에서 재배한 들깨로 오메가3가 풍부한 생들기름을 만들어 판매하고 있었다. 고령화로 인한 의욕 상실 등 농촌의 어려움과 과제를 지적하는 이영석 대표는 74세의 나이에도 불구하고 열정과 젊음, 해박한 지식이 넘쳐 났다.

산내면선 지리산 산신령 모습으로 경관농업을 주장하며 40대에 귀농한 사진작가이자 길섶갤러리 대표인 강병규 대표를 만났다. 자신이 꿈꿔왔던 삶을 위해 잘 나가던 직업도 도시의 삶도 포기하고 지리산 자락에서 새롭게 삶의 둥지를 틀고 사는 분이다. 그는 소나무 숲에 구절초를 가꾸며 황토집도 짓고 지리산 사진 작품 전시관을 만들었다. 구절초를 자원으로 마을 사람들과 더불어 향토적인 마을기업을 운영하며 어우러져 사는 것에 행복을 느끼는 그의 모습에서 땀 냄새가 느껴진다.

그렇다고 남원에서 만난 분들처럼 모두 귀촌에 성공한 것은 아니다. 얼마 전 모임에서 귀촌을 포기하고 돌아온 친구를 만나 그 이유를 물어 보았다.

"노인만 잔뜩 있어, 친구할 사람도 없고, 딱히 돈벌이 할 일도 없고,

지루해서 못 살겠다. 차라리 복잡하지만 익숙한 서울이 좋다."

친구 말대로 시골에는 노인들이 많아, 경험해 보지 못한 노인 세대와 그 환경에 동화되어 더불어 사는 것이 쉬운 일은 아니란 생각이 들었다. 귀촌이 생각만큼 쉽게 결정할 수 있는 것은 아닌 것 같다.

행정 서비스 분야 새로운 일자리 많아

남원이 다른 지역에 비해 어떤 매력과 일자리가 있는지 궁금해서 남원시청을 찾았다. 우선 남원의 일자리와 정책을 알아보기 위해 남원시청의 안순엽 계장을 찾아갔다. 이웃집 아저씨처럼 수더분한 첫 인상이 편안하고 다정하게 다가온다. 남원의 정책과 신중년 귀촌인의 일자리를 소개하는 그의 모습에선 열정과 자부심이 넘쳐난다.

남원시는 지역의 복지·행정 서비스 사각지대를 해소하기 위한 사회복지사와 행정사무 보조사 등의 일자리를 확대하여 신중년의 귀촌을 유도하고 있었다.

또한 지역 내 자원을 활용하는 마을기업을 활성화하고 있으며, 역량 있는 신중년을 마을기업의 사무장으로 활용하는 일자리도 늘려가고 있단다. 뿐만 아니라 삶의 질을 높이기 위한 다양한 커뮤니티 활동과 교육 투자에 적극적이다. 의지만 있다면, 자신만의 일거리를 직접 만들거나, 남원시의 도움을 받아 새로운 일자리 기회를 찾기에 큰 어려움은 없어 보인다.

며칠간 '남원 살이'에서 만난 다양한 분들과 귀촌에 실패한 친구의 삶 속에서 조금이나마 해답에 다가설 수 있었다. 귀농·귀촌 바람이 불면서 지역마다 귀농·귀촌인 모시기에 열을 올리고 있어서 가기만 하면 환영받고 잘살 것 같지만 현실은 그렇지 않다.

지역에서 나에게 무엇을 해줄까 기대하기 보다는 내가 그 지역에 어떤 도움이 될지 먼저 생각한다면 어디서든 환영받으며 정착할 수 있다고 생각된다.

귀농·귀촌은 단순한 직업 전환 및 거주지 이동이 아니다. 개인적 경험과 역량을 바탕으로 지속적인 일과 활동을 이어가며, 배우자와 함께 자연 속에서 새로운 삶의 기회를 만들어 가야 하는 것이다. 일자리 뿐만 아니라 교육과 커뮤니티에 적극 참여하여 지역을 이해하고 지역민과 교류를 통해 친분을 쌓아가는 것이 무엇보다 중요하다고 말한다. 이런 면에서 남원·지리산은 인생 2막의 새로운 가능성을 찾아 자연과 이웃이 더불어 살 수 있는 귀촌지로써 나에게 큰 매력으로 다가온다.

📍 남원시 일자리 정보 (지역서비스 행정 보조 일자리, 2019년 기준)

근무처	필요 자격	인력	비고
문화예술과	전통 목공예, 한옥 목수 경력자	2	함파우체험관
교육체육과	생활스포츠관리사 등	2	
건축과	행정사 자격증	1	
보건소	방역 관리, 심뇌혈관질환 예방관리	2	간호조무사
농업기술센터	식물보호, 종자, 농식품, 농생물, 지게차, 농화학분야 기능사, 굴삭기, 스키로더 면허 1종	4	
일자리경제과	행정사 자격, 컴퓨터 관련 자격, 사회복지사	2	

- ◎ 대상 : 만 50세 이상 사업별 자격 및 경력 소지자
- ◎ 근무 조건 : 시급 9천 원 (월 1백17만원 정도), 1일 5시간, 주 25시간 근무
- ◎ 조건 : 취업 후 1개월 이내 주소 이동 조건

📍 남원시 일자리 정보 (행정복지센터 근무 사회복지 일자리, 2019년 기준)

지역 (면, 동)	이백, 산동, 수지	산내	대산, 덕과	송동, 대강	죽항	도통
인력	3	1	2	2	1	1

- ◎ 대상 : 만 50세 이상 사회복지사 및 사회복지 경력 소지자
- ◎ 근무 조건 : 시급 1만 원 (월 1백56만 원 정도), 1일 6시간, 주 30시간 근무
- ◎ 조건 : 취업 후 1개월 이내 주소 이동 조건

📍 귀농·귀촌관련 일자리 정보를 확인할 수 있는 곳

- ◎ 남원시 일자리경제과
  https://www.namwon.go.kr / (063)4656-4906

- ◎ 남원시 귀농귀촌종합지원센터
  http://www.nwrefarm.kr / (063)636-4029

> **"**
> 농산물은 주인의 발자국 소리를 듣고 자란다고
> 한다. 나의 발자국과 손길이 머무는 곳에
> 나의 먹을거리가 있고, 그 자연을 보면서
> 자연스러운 삶을 살 수 있다면, 이 시대의
> 진정한 위너라고 자부할 수 있겠다.
> **"**

김해숙
4차산업의 신기술과 미래학, 디지털 비즈니스를 공부하고, 어떤 비즈니스 모델을 세우고 어떤 스타
트업을 함께 할까 고민하고 있는 50+이다. 석사과정을 마친 후, 박사과정 대신 나와 타인의 성장을
위해 매주 화요일 디지털 비즈니스와 스타트업에 관한 강의를 진행하고 있다. 4차산업의 한가운데
있지만, 나의 꿈은 귀촌이다

남원이라면 최소 2년은 살아야지!

안나푸르나의 기억

오래 전 네팔의 안나푸르나에 간 적이 있다. 그곳에서는 가끔 여행자들이 사라진다고 한다. 일행이 점쟁이를 찾아가서 물어보면 히말라야 산속으로 빨려 들어갔다는 대답을 듣는다. 언젠가는 돌아오니 기다리라 한다. 히말라야 산의 기운이 그들을 끌어당긴다고 한다. 산이 너무 매력적이어서 그런 것일까?

히말라야를 올라가는 여정에 포카라라는 곳이 있는데 굉장히 낭만적이고 아름다운 휴양지다. 이른 아침에 호텔을 나서면 바로 앞 카페에서 빵을 굽는 냄새가 진동한다.

안개가 스멀거리는 지리산 자락의 그 풍경을 설명하기가 쉽지 않다.

그 빵 냄새를 맡으며 커피 한잔을 들고 호숫가로 가면 이른 아침의 호숫가는 몽환적이고 그 속에 서 있는 나는 자연 속의 하나의 그림이 된다. 그 속에서 살고 싶은 충동과 감동을 어떻게 표현할까?

이번 지리산 여행이 그랬다. 안개가 스멀거리는 지리산 자락의 그 풍경을 설명하기가 쉽지 않다. 눈으로, 가슴으로, 온몸으로 느껴지는 거대한 자연의 신비를 언어로 표현하기에는 너무도 부족하다. 말없이 그곳에 존재하던, 그 거대함은 그저 "내 속으로 들어오너라. 언제나."라고 한다.

'남원 살아보기 프로젝트'는 기대되는 일이었다. 마음속으로만 꿈꾸던 귀농·귀촌을 실제로 옮겨볼 수 있는 첫발이었기 때문이다. 남원이라는 새로운 곳과 대면할 3박 4일간의 여행은 기대했던 것보다 훨씬 더 멋졌다. 남원시 귀농귀촌센터 관계자들과 시청의 일자리 담당을 만나 남원시의 구석구석 잘 알려지지 않은 깨알 같은 정보와 정책을 듣게 되었다.

남원시청의 일자리 담당인 안순엽 계장은 사람 좋은 웃음으로 적극적으로 신중년의 일자리를 탐색하고 도와주겠다고 말했다. 어눌한 듯하면서도 인간미가 넘치고 애향심이 뛰어나고 열정적인, 남원을 온몸으로 품은 사람이다.

그중에서 구미가 당기는 일자리가 하나 있었다. 나의 경우 행정복지센터에 사회복지사로 지원하면 취업이 가능하다고 한다.

50세 이상의 신중년을 모집하는 업종이며 25명을 모집하고 있었다. 하루 6시간, 주 30시간 근무에 1백56만 원, 하루 5시간 , 주 25시간 근무에 1백17만 원이다.

남원시 일자리경제과 안순엽 계장.
신중년, 사회적 경제 등을 담당하고 있다.

취업 후 1개월 이내에 주소를 이전하는 조건이다. 크게 부담이 되지 않는 빈집이나 임대주택에 거주한다면 월세와 생활비를 모두 포함, 50~60만 원선이면 살 수 있을 것이다.

여행이나 서울에 방문하는 비용, 경조사비까지 40만 원이 든다면, 1백만 원으로 한 달 살기가 불가능한 일은 아니다. 남는 여가 시간에는 새로움을 접하는 일에 투자한다면, 마음의 기쁨과 삶의 행복을 모두 얻을 수 있을 것 같다. 완전 긍정적으로 받아들였다.

남원은 문화의 도시며 풍류의 도시다. 소리를 즐기고 활을 쏘고 공연을 보고 사시사철 변하는 지리산을 즐기고, 귀농·귀촌한 사람들과 작당도 하며 공동체로서의 삶을 끊임없이 탐색할 수 있다. 무엇보다 지리산이라는 천혜의 자연과 이 지역이 갖고 있는 지리적, 역사적인

자연 친화적인 생활 속에서 2년 정도 살아보는 것도 괜찮을 것 같다.

호기심도 결코 빼놓을 수 없는 부분이다.

작은 텃밭을 가꾸며, 직접 먹을거리를 만들고, 자연 친화적인 생활 속에서 새로운 사람들과 교제하고 원하는 일도 하며 2년이라는 시간을 정해놓고 살아보는 것은 어떨까?

고통의 극치에서 깨달음을 얻다

우리가 여행한 10월초 태풍 미탁이 와서 200밀리미터 이상의 집중 폭우가 쏟아졌다. 태풍 속으로 들어가며, 자연 앞에 겸허해 지는 경험도 했다.

가장 기억에 남는 것은 운전 베테랑인 내가 태풍 미탁과의 만남으로 겸손해졌다는 사실이다. 자연을 아름다움과 신비의 대상으로만 생각하고 감탄하면서 바라보았는데 태풍 앞에서 자연의 또 다른 모습을 잊고 있었다는 사실을 깨달았다.

태풍 미탁의 영향으로 인해 자동차 앞바퀴 두 짝 모두를 교체하느라 함양까지 다녀와야 했다. 그 과정에서 자연스럽게 렉카차 기사를 통해 남원을 생각하는 주민들의 마음을 알게 되었다. 돌아보면 누구에게나 감사한 일이었다.

남원은 평야와 중간지, 준고랭지 등의 다양한 자연환경을 갖고 있어 농산물의 품질이 뛰어나고 맛이 좋다. 아영포도는 너무 달콤해 지금도 입 안에 그 향기가 침을 고이게 한다.

남원은 미세먼지 하나 없는 청정지역으로 조류 인플루엔자(AI) 같은 가축병이 단 한 번도 없었다.

농산물은 주인의 발자국 소리를 듣고 자란다고 한다. 나의 발자국과 손길이 머무는 곳에 나의 먹을거리가 있고, 그 자연을 보면서 자연스러운 삶을 살 수 있다면, 이 시대의 진정한 위너라고 자부할 수 있겠다. 남원에 둥지를 트는 여행은 어떨까? 그들이 기다리고 있는, 1300년 동안이나 남원인 그곳으로 말이다.

남원으로 가서 둥지를 트는 여행을 해 보는 건 어떨까? 그들이 기다리고 있는 1300년 동안이나 남원인 그곳으로 말이다.

귀농·귀촌 자가 진단 테스트

- ☐ 건강, 체력 자신 있다
- ☐ 동물이나 식물, 생물 등을 좋아한다
- ☐ 단순 작업을 묵묵하고 꾸준하게 할 수 있다
- ☐ 다른 사람들과 어울리거나 사귀는데 힘들지 않다
- ☐ 사무실 작업보다는 야외에서 몸을 움직이며 일하는 것이 좋다
- ☐ 혼자보다 여럿이 일하는 것에 더 많은 보람과 흥미를 느낀다

출처 : 중앙일보

자신이 귀농·귀촌에 적합한 사람인지 적성 테스트를 해 보자.

농촌진흥청이 조사한 결과, 귀농한 사람 중 55%가 1년 이상 꾸준한 준비를 해 왔다고 답했다. 귀농귀촌센터 홈페이지에 들어가면 그밖의 항목들을 체크할 수 있다.

탐색을 마치고, 마음의 준비를 하고, 무엇을 할 것인지와 살 곳을 결정한다. 열린 마음으로 남원살이를 시작해 보는 거다. 남원 속으로 나를 가져가고 그 속에서 나의 삶을 그려 나간다. 또 다른 여행의 시작이다

실전!
한 달 살아보기를 위해
꼭 알아야 할 것들

세 번째 이야기

> "
> 내가 반드시 도시에서 살아야 하는 이유를
> 생각해 보았다. 가장 큰 이유는 남편의 직장과
> 아이의 학업 문제였다. 이런 이유들이 없다면
> 굳이 나는 도시에 살고 싶지 않다.
> "

유정순

결혼 후 집에 대한 애착이 강해졌다. 내가 생활하고 쉬는 공간은 오롯이 나의 개성과 취향으로 꾸미고 싶었다. 그래서 좋아하는 색으로 가구와 벽에 페인트칠을 하고 계절마다 예쁜 패브릭을 사서 커튼을 만들어 달면 집안 분위기도 달라지고 덩달아 기분도 좋아졌다. 어디에 사느냐보다 어떻게 사느냐가 더 중요하므로.

불편함을 기꺼이 즐기다

산내면, 전국 돌며 찾은 '명당'

요즘은 시골에서 살아보는 체험 예능 프로그램들을 TV에서 종종 볼 수 있다. 그만큼 귀촌에 대한 사람들의 관심이 높아지고 있다는 방증이다. 나도 언젠가부터 귀촌에 대한 꿈을 꾸기 시작했다.

몇 년 전 문득 내가 반드시 도시에서 살아야 하는 이유를 생각해 보았다. 가장 큰 이유는 남편의 직장과 아이의 학업 문제였다. 이런 이유들이 없다면 굳이 나는 도시에 살고 싶지 않다.

나는 나무와 꽃이 좋다. 동물들도 너무 좋아한다. 내 스스로 텃밭을 일궈 자급자족하는 생활을 꿈꾼다. 또한 중년 이후 여유로운 시간을

산내면은 지리산 안쪽에 위치한다고 해서 '산내'라는 지명이 붙었다고 한다.

도시에 갇혀 지루하고 단조롭게 살고 싶지 않다.

이런 이유들은 귀촌에 대한 나의 꿈을 좀 더 명확하게 해주었다. 하지만 막상 구체적 실행을 생각하면 막막함이 앞섰다. 때마침 이번 여행지였던 남원에서 내가 꿈꾸었던 여러 가지 조건과 환경에 맞는 다양한 귀촌의 모습들을 만날 수 있었다.

지리산 속 깊은 마을인 산내면으로 귀촌, 수토산방이라는 에어비앤비를 운영하고 있는 최희경 씨를 만나 현실적인 귀촌 준비부터 과정, 살아가는 이야기까지 들어볼 수 있었다.

최희경 씨 부부는 교사로 일하다 퇴직 후 친구들과 함께 공동체 귀촌을 했다. 지리산 둘레길 길목에 위치한 토지를 구매해 집을 지었고 위치상 트레킹족과 여행객의 발길이 잦은 곳이라 집 한 채는 '수토산방'이라는 이름의 에어비앤비 숙박 시설로 운영 중이다.

최희경 씨 댁은 지리산 중턱 쯤에 위치하고 있어서 비탈진 외길을 꽤 올라가야 도착할 수 있었다. 가는 내내 서울에서는 맛볼 수 없는 스릴 아닌 스릴을 느꼈다. 마침내 도착해 보니 앞이 탁 트여 지리산의 풍경을 한눈에 담을 수 있는 명당이었다. 가슴이 뻥 뚫리고 풍경이 황홀하여 오는 내내 가슴 졸였던 불안한 마음들이 모두 사라졌다.

인터뷰 도중 알게 된 사실이지만 지리적으로나 경관 면에서 이렇게 좋은 곳을 찾느라 몇 년간 전국을 다녔다고 한다. 역시 좋은 것은 쉽게 얻을 수 있는 것이 아니다. 나는 이제껏 어떤 곳이 집을 짓기 좋은 곳인지 생각해 보지 못했다.

최고의 자연환경을 갖추고 있지만 이런 고산지대에 살면서 교통과 편의시설, 의료시설 이용은 어떨지 궁금했다. 우선 교통과 관련한 애로사항이 있었다. 버스를 이용하려면 면까지 꽤 먼 거리를 걸어가야 하기 때문에 승용차가 필수다.

또한 경사진 길이 많아 폭설이 내리면 오르내릴 수 없어 집에 갇힐 수밖에 없다. 하지만 폭설이 아닌 적당량의 눈은 해가 종일 잘 들어 금세 녹기 때문에 통행에 문제가 없다고 한다. 대도시에 사는 사람들은 상상하기 힘든 불편함이다.

모든 것이 불편한 산간오지이지만 그럼에도 불구하고 남원의 대표적인 귀농·귀촌지역으로 인정받는 이유는 바로 이렇게 공기 맑은 청정지역이며 지리산이 둘러싸고 있어서 경관도 수려하기 때문이다. 사람들이 불편한 생활을 감수하고 산내면으로 귀촌을 하는 이유를 알 수 있을 정도로 자연이 주는 매력은 정말 인상적이며 감동적이었다.

친구들과 손잡고 공동체 귀촌

산내면은 4백~5백미터의 고산지대에 위치하고 있으며 지리산 안쪽에 위치한다고 해서 '산내'라는 이름이 붙었다.

남원역에서 37킬로미터 가량 떨어져 있으며 승용차로 40분 정도 소요된다. 산내까지 운행하는 버스도 별로 없어서 접근성은 다소 떨어지는 편이다. 대중교통을 이용하려면 서울 동서울터미널에서 시외버스를 이용하는 것이 좋다

최희경 씨가 이곳에 살면서 느끼는 가장 큰 불편함은 병원 이용 문제다. 정기적으로 전문적인 진료를 받아야 하는 상태라 서울에 있는 병원에 다니는데 그것이 조금은 번거롭고 힘들다고 했다.

산내면에는 보건소와 개인병원 몇 곳이 있어 가벼운 질병은 진료와

산내면에 위치한 한 귀촌인의 집. 한 채는 거주용으로
다른 한 채는 에어비앤비로 활용하고 있다.

치료를 받기에는 문제가 없지만 전문적인 진료를 받기에는 다소 부
족하다. 너무 오지로 귀촌을 하게 될 경우 병원 문제를 생각하지 않
을 수 없다.

주변에서도 나이 들면 아픈 곳도 많아지는데 그럴수록 더 전문적인
치료를 받을 수 있는 대도시에 살아야 한다고 말하는 사람들의 우려
를 충분히 이해할 수 있을 것 같았다. 그런 이유 때문이라도 귀촌은
아직 덜 아픈 50대 신중년에 경험해 보는 것이 좋지 않을까 하는 생
각도 들었다.

산내면에도 파출소, 소방서, 면사무소 등 공공 기관들이 위치해 있어

서 행정적인 업무나 민원 업무에 따른 특별한 불편함은 없을 듯했다. 당연한 이야기지만 산내면에는 대형마트가 없고 농협 하나로마트를 통해서 제한적인 식자재와 생필품을 구매해야 하지만 남원 시내만 나가도 다양한 쇼핑 시설들을 이용할 수 있기 때문에 큰 어려움은 없을 것 같았다.

게다가 내 경우만 하더라도 식자재를 제외한 상품 구입은 거의 온라인 쇼핑을 통해서 하기 때문에 대형 쇼핑센터의 유무는 솔직히 문제될 게 없다. 이곳 산내면도 택배 서비스가 가능한 지역이므로 온라인 쇼핑을 적극 활용하는 것도 좋을 것 같다. 소규모의 슈퍼마켓과 편의점은 있으니 간단한 생필품을 구매하는 데는 불편이 없다.

대도시 생활에서 외식과 배달 음식은 없어서는 안 되는 필수 요소다. 하지만 이런 산속 마을에서 서울처럼 다양하고 멋진 음식점과 배달 음식을 기대하긴 어렵다.

자연 속에서 자연스럽게 살아가는 모습은 식생활에서도 나타난다. 편리함이 주는 인위적이고 해로운 식생활에서 벗어나 자연에서 제공하는 자연스러운 먹을거리들로 생활해보는 건 어떨까? 이곳은 멋있고, 맛있는 자연이 있으니.

산내면에 간단히 외식을 즐길 수 있는 음식점이 몇 개 있다. 게다가 마을의 커뮤니티 공간이라고 불려도 좋을 카페 토닥이라는 곳도 있어 간단한 외식과 커피를 즐기는 것은 가능하다.

산내초등학교 전경. 자연 속에서 소수정예로 공부할 수 있는 교육 환경을 갖추고 있다.

사람 사는 데 돈거래가 빠질 수 없다. 산내면엔 새마을금고와 농협에서 입출금을 이용할 수 있으며, 우체국도 있어 택배 및 우편서비스 이용에는 문제가 없다.

또 하나, 아이들이 있는 가정일 경우 교육 문제에 대한 고민을 할 수 있다. 산내면내에는 산내초등학교와 산내중학교가 있어서 자연 속에서 소수정예의 수업을 들을 수 있는 교육 환경을 갖추고 있지만 아쉽게도 면 내에 고등학교가 없어 중학교를 졸업하면 남원 시내에 위치한 고등학교로 아이들을 보내야 하는 것이 아쉬운 점이다.

최희경 씨는 친구들과 함께 귀촌을 했다. 나이 들면 이곳을 요양원으

귀촌하게 된다면 대중교통의 불편함 정도는 즐기는 것이 좋다.

로 사용하고 요양 보호사를 두어 친구들과 함께 노년의 시간을 보낼 계획이라고 했다. 내가 살던 곳에서 같이 하고 싶은 사람들과 요양을 함께 할 수 있다면 인생의 마지막이 얼마나 행복할까. 이번 여행을 통해 귀촌은 용기가 필요하고, 실행이 중요하다는 생각이 들었다.

선택과 결정에는 많은 두려움이 생긴다. 가보지 않은 길을 가야하고 해 보지 않은 일을 해야 하는 두려움과 실패의 두려움, 게다가 귀촌은 사람과의 관계도 매우 중요하기 때문에 그에 대한 마음가짐도 필요하다. 쉽지 않은 결정을 내려야 하는 용기가 필요하다.

그러나 귀촌은 인생 중반기를 넘어서는 경계에서 꼭 도전해 볼 만한 가치가 있다고 생각한다. 이제껏 제반 시설이 잘 갖춰진 편리한 곳에서 불편함 없이 빠르고 무의식적으로 살아왔다면 이젠 좀 불편하고 느리게 살면서 삶에 대해 생각할 시간을 갖고 살아보는 것도 좋을 것 같다.

"불편함은 무조건 좋지 않다"는 고정관념에서 벗어나 불편함으로 인해 얻어지는 유익함을 깨닫고 행복한 삶의 가치와 기준을 다시 세울 수 있는 새로운 삶에 도전해 볼 생각이다.

운봉읍, 이상과 현실의 타협

산내면은 자연적인 면에서 이상적인 조건을 갖추고 있는 마을이지만 현실적으로는 불편함을 감수해야 한다. 그래서 조금 더 현실적인 대안으로 한 단계 범위를 넓혀 운봉읍으로 나가면 어떨지 알아보았다.

산내면이 산촌이라면 운봉읍은 농촌 느낌이었다. 운봉읍은 남원역에서 약 22킬로미터 떨어져 있으며 버스를 이용하면 1시간 20분, 승용차를 이용하면 20분 정도 걸린다.

운봉읍 역시 대중교통의 불편함은 감수해야 한다. 시내와 달리 남원 외각의 마을로 운행되는 버스는 많지 않으며 평균 30분마다 한 대씩 버스가 다닌다고 한다. 합리적으로 생각할 때 승용차 이용이 편할 것 같다. 귀촌 할 때 꼭 필요한 마음 자세는 '불편함을 즐겨야 한다'는 것이다. 나는 귀촌하게 된다면 대중교통의 불편함을 마음껏 즐겨볼 생각이다.

운봉읍은 산내면보다는 고지가 낮은 시골 마을이지만 역시 지리산 산악권에 위치해 있기 때문에 읍내에는 필수적인 편의 시설들만 몇 곳 있다. 의료 시설은 보건소와 개인 의원 몇 곳이 있으며, 금융 기관은 농협이 있다.

운봉읍도 산내와 마찬가지로 식재료와 생필품을 구입할 수 있는 곳은 읍내에 위치한 하나로마트 뿐이며 읍내에는 소방서와 파출소, 읍사무소가 있어 운봉읍의 행정과 안전, 민원을 담당하고 있다.

운봉초등학교와 운봉중학교가 있어 자녀를 교육시키기에도 문제가 없으며 고등학교에 다니기 위해서는 산내면과 마찬가지로 남원시내로 나와야 한다.

그밖에 생활에 필요한 기본 인프라들의 경우 급한 대로 읍내의 시설들을 이용할 수 있지만 승용차를 이용하면 남원 시내까지 오래 걸리지 않기 때문에 남원 시내로 나와서 여유 있게 다양한 쇼핑과 의료, 외식 시설을 이용할 수 있다.

운봉읍 역시 시골 마을로 생활에 필요한 편의 시설들이 부족하고 교통이 불편하긴 하지만 사면이 산으로 둘러싸인 완만한 지리적 환경으로 인해 현실적인 귀촌 생활에 부족함이 없을 듯 했다.

남원, 소박하고 깨끗하고 조용한 도시

운봉읍도 시골마을이어서 여러 가지 불편함을 감수해야 하긴 매한가지였다. 그렇다면 좀 더 범위를 넓혀서 남원 시내에서 살아보는 것은 어떨지 알아보았다.

남원은 서울에서 KTX로 2시간, 고속버스로는 강남고속버스터미널을 출발점으로 하여 광주-대구고속도로를 이용, 남원IC 출구로 나오는 노선을 기준으로 3시간가량 소요된다.

남원이 이렇게 가까운 곳이었나 하는 생각이 들 정도였다. 서울이 고향인 나로서는 서울을 완전히 등지고 살 수도 없을 것 같기에 귀촌을 하더라도 서울에서의 이동시간과 자녀들의 왕래를 고려하지 않을 수 없다. 나들이 삼아 서울을 다녀와야 하는 경우도 많을 것 같기 때문에 거리나 이동시간도 중요한 요소 중 하나라는 생각이 들었다.

남원역은 지방의 소도시인 만큼 규모가 그리 크지 않았지만 소박하고 깨끗하며 조용했다. KTX가 정차하는 도시라는 점만으로도 남원이 아주 작은 도시는 아니라는 것을 보여준다.

남원시의 대중 교통수단은 국내의 각 지역으로 갈 수 있는 기차와 고속버스, 시외버스, 남원시 안에서 운행되는 시내버스, 택시 등이 있다. 남원에서 인천국제공항까지 운행하는 시외버스도 있으니 해외여행을 하게 될 때 편하게 인천국제공항으로 직행할 수 있다.

카카오택시와 콜택시 이용이 가능하며 서울과 달리 도로가 막히지 않고 한산하기 때문에 교통 정체로 인해 도로 위에서 날려버리는 택시비 걱정은 하지 않아도 될 것 같다. 시내버스는 배차 간격과 노선이 다양하여 남원 시내에서는 이용하기에 큰 불편함 없다.

남원의 대중교통은 서울만큼 편하고 빠르지는 않지만 시간 여유를 두고 차량 운행 시간만 잘 맞추면 어디든 쉽게 이동 할 수 있다.

남원 시내에는 이마트, 롯데마트 두 곳의 대형마트가 있어 장을 보는 데도 큰 불편함이 없다. 게다가 토속적인 전통시장이 활성화 되어 있으며 공설시장과 용남시장, 인월시장 등 3곳의 전통시장이 있다.

공설시장은 남원에서 가장 규모가 큰 시장으로 상설시장과 매월 4일(4일, 14일, 24일), 9일(9일, 19일, 29일) 열리는 5일장 형태의 정기시장 두 가지로 운영되고 있었다. 아쉽게도 내가 간 날이 장날이 아니어서 그 규모와 분위기를 느끼지 못하고 돌아 왔다. 옛 동화책에서 읽었던 시골 장터의 정감 있고 시끌벅적한 모습을 떠올리며 둘러보았다.

용남시장은 상설 재래시장이며 인월시장은 5일장 형태의 정기시장으로 매월 3일(3일, 13일, 23일)과 8일(8일, 18일, 28일)에 장이 열린다고 한다.

나는 주로 대형 마트에서 장을 보곤 하지만 재래시장의 투박함과 정감이 그리울 때면 가끔 구경을 다녀오기도 하고 군것질 거리로 요기를 하고 오기도 한다. 하지만 남원에서는 전통시장이 쇼핑의 핫 플레이스로 대형마트 이상의 역할을 하고 있다. 그밖에 슈퍼마켓과 편의점이 있고, 시내 중심부에는 브랜드 할인 매장들도 있으니 남원시에서는 불편 없이 쇼핑을 즐길 수 있다.

귀촌을 결심하는데 결정적 걸림돌이 될 수도 있는 한 가지, 남원의 의료 서비스 시설을 알아보기로 하였다. 앞서 산내면에 정착한 최희경 씨도 병원 이용의 불편함을 토로한 적이 있었다.

서울을 비롯한 대도시만 해도 집 근처에 다수의 개인 병원은 물론 대형 병원이 있어서 위급한 치료와 전문적인 치료를 받을 수 있는 인프라가 구축되어 있지만 지방 소도시나 농촌은 대도시에 비해서 의료기관 인프라가 부족하기 때문에 걱정스러운 마음이 앞섰다. 과연 남원에서는 제대로 된 의료 서비스를 받을 수 있을까?

산내면에는 농협 하나로마트가 있어서 식료품을 구입하는데 어려움은 없다.

서울에서는 가벼운 질병이 걸렸을 경우 동네 개인 병원을 찾는 일이 익숙한데 반해 이곳에서는 보건소를 많이 이용한다고 한다. 보건소는 진료 비용도 일반 병원에 비해 매우 저렴하고 의료 시설도 깨끗하고 다양한 의료 장비들을 갖추고 있었다. 조금은 낯설고 어색한 느낌도 들었지만 여러 측면에서 합리적으로 이용할 수 있는 곳이니 가벼운 질병은 보건소를 이용하는 것도 좋겠다.

시내에는 진료 과목별로 다수의 개인 의원과 병원들이 다양하게 있어 가벼운 질병을 치료 받는 데 불편함은 없어 보였다. 좀 더 전문적인 치료를 요할 때 의료 서비스를 받을 수 있는 곳은 국립 병원인 남원의료원과 남원병원 두 곳 뿐이며 서울의 대학 병원처럼 큰 규모의 시설도 아니었다.

서울처럼 대형 병원이 많지 않아 선택의 폭이 좁고, 전문적인 장비로 치료가 가능한 대형 병원들이 아니기 때문에 전문적인 치료를 필요로 할 때는 서울이나 지방 대도시로 가는 것이 좋다. 그래도 산내와 운봉처럼 시골 마을이 아니므로 두 곳과 비교하면 편리한 의료 시설들을 갖추고 있는 셈이다.

그밖에 편의 시설과 제반 시설들이 제법 잘 갖추어져 있다. 은행은 국민은행, 새마을금고, 기업은행, 농협, 신협 등 다양한 금융기관들이 있어 금융 거래에 불편함 없이 편하게 이용할 수 있다.

시내에는 다양한 음식점들도 많다. 남원의 대표 음식 추어탕부터 시작하여, 한식, 양식, 일식, 중식 및 카페 등 종류별로 골고루 음식점들이 있어 서울처럼 기호에 맞게 외식을 즐기기에 부족하지 않다.

추어탕은 추어탕 골목이 따로 있을 정도로 이곳의 대표 음식이다. 전라도 한정식 느낌의 밑반찬을 곁들인 추어탕은 남원의 맛을 제대로 보여주었다.

또 일상생활에 필요한 제반 시설과 교통 시설을 제법 잘 갖추고 있어 완전히 시골 마을로 들어가서 불편함을 감수하면서 사는 것이 힘들다면 조금 덜 불편하면서 도시의 느낌과 한적한 시골의 느낌을 함께 느낄 수 있는 귀촌의 대안이 될 수 있을 것이라는 생각이 들었다.

> **"**
> 지리산 둘레길을 돌다가, 마침내 내가 걸어야 할
> 길을 찾게 되었다. 그 길은 내 마음속에 있었다.
> 신중년, 두렵기도 하고 설레기도 하는 나이.
> 눈앞에 보이는 길들이 미로처럼 보일 때,
> 남원은 나에게 이정표가 되어 주었다.
> **"**

송인혜

어린이집 교사부터 원장까지 여러 가지 활동과 적십자, 교도소, 청소년, 지역 사회와의 연계로 나를
만들어 갔다. 시간, 돈, 명예, 여유를 생각하고 앞만 보고 달려왔지만 돌아보니 다시 그 자리에 있다.
내가 좋아하고 잘하는 것이 무엇인지 조금은 알고, 박사라는 타이틀과 원장이라는 직책, 일과 공부,
시간, 돈 다 가질 수는 없지만 지금 이 순간을 나는 느끼고, 만지고 있다.

살아갈 집을 내 손으로 짓다

중년 10명 중 3명이 귀촌 희망

지리산이라는 말은, 나를 대학생 시절로 돌아가게 만든다. 해도 뜨지 않은 이른 새벽, 칠흑 같은 새벽에 겨우 눈을 부비고 일어나 선배들의 뒤를 따라 흙만 보며 앞으로 걸어갔다,

"어디까지 가야 해요? 얼마나 더 가야 해요? 다 왔어요?"

마치 앵무새처럼 같은 말을 반복하고 가쁜 숨을 몰아쉬면서 선배들의 손에 이끌려 목적지도 모른 채 따라갔던 기억이 떠오른다. 참 어리기도 하고, 참 어리석기도 하고, 참 아름답기도 한 시절. 내 인생의 화양연화가 바로 그 시기였던 것 같다. 생각도 마음도 나이도 그때로

돌아가고 싶다.

이번에 남원 여행을 하면서 참으로 다양한 사람들을 만났다. 다양한 종류의 일을 하는 사람들이 같은 목표를 가지고 3박 4일이라는 일정의 여행을 잘 다녀온 것에 감사한다. '우리'는 남원이라는 목적지를 갖고 있다는 공통점을 통해 서로 하나가 되었다. 중년, 모든 것을 포용하며 감쌀 수 있는 아량을 가진 나이 덕분이 아니었을까?

중년 인구 10명 중에서 3명이 귀농·귀촌을 희망할 정도로 신중년의 귀농·귀촌 욕구는 매우 높다. 그중에서도 특히 50대의 비율이 가장 높다고 한다.

지리산은 전라도와 경상도를 잇는 넓고 깊고 큰 산이어서 옛날부터 어머니의 산이라고 불렸다. 큰 품으로 마을을 보듬고 있는 산. 지리산 둘레길을 걸으면서 보았던 해는, 스스로의 삶을 돌아보고 새로운 꿈과 희망을 다잡을 수 있게 한다. 또한 길에서 다양한 사람을 만나고 삶의 무늬를 느끼고 산을 품고 자연에 순응하며 어우러지는 과정에서 나 자신의 과거를 돌아보며 반성하고 또 각오를 다지게 한다. 둘레길을 걷고 걸으면서, 마음속에 품었던 좌절과 나약함을 떨치고 화해와 소통, 협동 사회로 다시 들어가게 한다.

전라북도 남원시 운봉읍에 자리한 지리산 바래봉(해발 1,165미터)은 해마다 5월이면 진분홍 산철쭉으로 물든다. 전국 제일의 철쭉 군락지라는 유명세를 타고 한 달가량 지속되는 개화기 동안 약 20만 명의 탐방객이 꽃구경을 온다. 험한 고개로 둘러싸여 있는 청정 지역으로 생태 환경이 잘 보존되어 있는 지리산은 우리나라 국립공원 1호로 지정되었는데, 지리산권은 3도(전남, 전북, 경남) 7시군(남원, 장수, 곡성, 구례, 하동, 산청, 함양)으로 구성되어 있다.

나무 위에 지은 집

운봉읍에는 남원시에서 운영하는 숙박 휴양지인 남원 백두대간 '에코 롯지'와 '트리하우스'가 있다. 우리가 머문 곳은 운봉읍 공안리에 있는 '남원 백두대간 트리하우스'로, 지상 2미터의 나무 모양 기둥 위에 지어진 편백나무 향 가득한 공간이다. 남원시청 홈페이지에서 예약할 수 있다.

주위 소나무 숲에서 진하게 뿜어져 나오는 피톤치드 효과가 뛰어나며 부부 태교 교실도 운영하고 있다. 숲속이지만 와이파이가 가능하며 숙소의 이불을 비롯해서 시설들이 깨끗하게 잘 관리되어 있다.

공동 취사가 가능하며 가까운 곳에 시장이나 식당이 없기 때문에 식재료는 미리 준비하고 가야한다. 장기 숙박은 어렵다고 한다.

남원 시내의 이색 숙소로는 '함파우소리체험관'의 아담한 한옥을 빼놓을 수 없다. 남원 시내 광한루원을 돌아 이곳에 도착하면 춘향이와

남원 백두대간 트리하우스 마치 나무 위에 떠 있는 것처럼 지어진 집이다.

이도령의 애틋한 감정을 간직한 그때로 돌아가는 듯한 마음이 든다. 남원시내에서 가까운 이곳은 '전북투어패스'를 이용하면 20% 할인이 가능하며 2인실 5만 원, 4인실 7만 원, 6인실 9만 원, 8인실 11만 원, 10인실 13만 원으로 주말은 1만 원씩 요금이 올라간다. 공동 취사공간을 이용할 수 있고, 방과 방 사이에 차를 마시며 담소를 나눌 수 있는 작은 공간이 있다. 방은 모두 9개이며 50명이 최대 인원이다. 작은 수영장도 있어 아이들과 같이 여름에 오면 좋을 것 같다.

의식주에서 주(住)를 알아보고 나니 간단한 사업 아이디어도 하나 떠올랐다. 빵 만드는 기술을 배워서 귀촌해 보면 어떨까. 주문을 받아 아침에 집으로 직접 배달을 해 주는 것도 좋을 것이다.

귀촌하면 이삿짐 차 보내주고 일자리도 마련

남원 여행을 통해서 만난 사람들의 이야기를 들으며 남원에서 맞이하게 될 제2의 인생에 대해 생각해 보았다. 이번 여행 중 만난 정계임 씨는 도시 생활을 하다가 정겨운 농촌 생활이 그리워 고향으로 귀향했다고 한다. 귀향 후, 대안학교인 실상사 작은학교에서 일을 하다 실상사 귀농학교 학생이었던 남편을 만나 결혼해 정착하게 되었다. 새로운 식구가 마을에 귀촌 혹은 귀농하면 행정마을에서는 전통적으로 이삿짐차를 보내주고 마을 사람들이 직접 이사를 돕는다. 그 집 식구가 몇 명인지 가정 형편이 어떤지 직접 알아보고 일자리도 만들어주며 정착을 위해 도움을 주기도 한다. 물론, 지금은 동네 어르신들의 연세가 많아 전문 이삿짐 차가 짐을 나르고 집집마다 인사 다니는 전통은 사라지고 있지만 참 좋은 전통이었던 것 같다.

지나가다 반찬을 문 앞에 두고 간다거나 직접 농사지은 고구마나 감자, 사과 등을 나누면서 서로의 근황을 살핀다고 했다. 누군가 여행이라도 가서 빈집이 되면, 주인이 돌아올 때까지 살뜰히 보살피는 건덤이다. 이웃이 아니라 가족의 개념이다. 그러다 보니 멀리 도시에 나가 있는 자식들보다, 이웃과 더욱 친하다고 한다.

'함파우 소리체험관'의 아담한 한옥 숙소. 고즈넉한 분위기에서 조용한 시간을 보낼 수 있다.

정계임(왼쪽)씨와 황의도(오른쪽)씨. 독특한 이야기를 가진 귀촌인이다.

행정리에 새로 이사 온 황의도 씨는 직접 나무로 집을 짓는 목수다. 귀농한 지 3년 정도 되었으며 아직 서울에서 직장을 다니고 있는데, 부인은 아이들과 함께 남원에서 생활을 하고 있다. 아이들이 있어 남원에 정착하는데 큰 가점을 받았다고 한다. 인구 감소로 인해 아이들이 있으면 더욱 환영을 받는다. 아이들을 위한 장난감을 나무로 만들어 판매도 하고 있으며 자신의 집도 직접 나무로 지었다고 한다.

내가 살아갈 집을 직접 내 손으로 짓다니! 그것은 우리 모두의 꿈이 아닌가. 황의도 씨는 그 꿈을 이루었다.

지리산 둘레길을 돌다가, 마침내 내가 걸어야 할 길을 찾게 되었다. 그 길은 내 마음 속에 있었다. 신중년, 두렵기도 하고 설레기도 하는 나이. 눈앞에 보이는 길들이 미로처럼 보일 때, 남원은 나에게 이정표가 되어 주었다. 지리산 둘레길을 돌다가 벗과 집을 찾았다. 남원에서 길을 찾다.

> "
> '지리산행복학교'란 소설을 읽고 언젠가는
> 책 속의 그들처럼 대자연을 접하며 자유롭게
> 살아봤으면 하는 꿈을 꾸게 되었다. 지리산에 대한
> 아득한 로망을 갖고 있었던 내가 마침내 이곳에 왔다.
> 이것이 우연인지 필연인지는 훗날 알 수 있을 것이다.
> "

박선령

의류학을 전공하고 프랑스로 건너가 파리에서 패션디자인을 공부한 후 국내 여성복브랜드 디자인실
에서 일했다. 가볍게 훌쩍 떠나는 기차 여행을 좋아한다. 아침 햇살 아래 숲을 걸으며 자연의 소리에
귀 기울일 때 또는 그림책을 좋아하는 사람들과 모여 책과 삶에 대해 이야기할 때 기쁨을 느낀다. 사
랑스런 딸, 남편과 서울에서 살고 있지만 언젠가는 떠나 계절과 자연을 오롯이 느끼면서 글 쓰는 전
원생활을 꿈꾸고 있다.

소리의 고장에서 제대로 소리를 배우다

지리산에 대한 아득한 로망

언젠가부터 남편은 '제주 가서 살자'는 말을 넌지시 하곤 한다. 공직에서 28년째 일하고 있는 남편은 지쳐서인지 근래에는 이른 퇴직을 심각하게 고민하고 있다.

일상생활 속에서 제주의 크고 작은 오름과 올레길, 숲길을 걷길 꿈꾼다. 현실을 떠나 마냥 걷고 싶은 마음을 이해하기에 그러자며 남편에게 동의했지만 어려움도 많다. 제주는 주로 항공편으로 다니기 때문에 날씨가 적합하지 않을 땐 이동이 어려운 불편함이 있을 것이다. 딸이 대학 졸업반으로 다 성장했지만 아직 독립하지 않아서 서울에

언젠가 아이가 커서 품을 떠나면 대자연을 접하며 자유롭게 살아봤으면 하는 꿈이 있다.

서 혼자 산다면 자주 와 봐야 할 텐데 제주는 섬이라서 그런지 참 멀게 느껴진다.

아이가 어렸던 시절, 우리 가족은 여러 이유로 서울과 해외로 2, 3년마다 이사를 다녔다. 이사가 힘들기도 했지만 변화를 잘 받아들이는 성향 덕분에 새로운 동네를 알아가는 즐거움이 더 컸던 것 같다.

십여 년 전 '지리산행복학교'란 소설을 읽고 언젠가 아이가 커서 품을 떠나면 책 속의 그들처럼 대자연을 접하며 자유롭게 살아봤으면 하는 꿈을 갖게 되었다. 그렇게 지리산에 대한 아득한 로망을 갖고 있었던 내가 '남원·지리산 살아보기' 프로그램에 참여하게 된 것이다.

이것이 우연인지 필연인지는 훗날 알 수 있을 것이다.

오년 후 쯤엔 우리 부부가 서울뿐 아니라 전라도의 맛집도 금세 다녀올 수 있는 거리의 고즈넉한 남원에서 조용히 지리산 둘레길을 걸으며, 소박하면서도 마음이 풍요로운 삶을 살아보길 기대해 본다.

서울에서는 근방의 아트센터를 중심으로 다양한 운동과 문화예술, 인문학 강좌, 공연을 쉽게 접할 수 있다. 하지만 남원에 산다면 대도시처럼 관심 있는 분야의 강좌를 수강하거나 좋아하는 공연을 보는 등 문화생활을 충분히 즐길 수 있을까하는 의문이 들기도 했다.

그것이 서울을 떠나기 망설여지는 이유 중 하나이기도 했다. 하지만 남원에 와서 직접 둘러보고 조사해 본 후 내 걱정이 기우였음을 깨닫게 되었다. 남원에는 문화센터와 도서관 등 일상적인 문화생활을 즐길 수 있는 시설이 곳곳에 있었다.

게다가 소리의 본고장인 남원의 특화된 소리 문화에 관한 전시와 공연, 강좌는 여러 단체에서 신경써서 기획되고 있어 관심을 가지고 찾아본다면 충분히 즐기고 배울 수 있다는 사실을 알게 되었다.

파스텔톤 가게들이 올망졸망, '예가람길'

남원 시내로 들어서니 파스텔톤 색감으로 담벼락을 칠한, 낮고 작은

인사동 분위기를 물씬 풍기는 예가람길(왼쪽)과 한옥카페 산들다헌(오른쪽)

가게들이 올망졸망 모여 있는 곳이 나왔다. 규모는 작지만 인사동처럼 전통적인 분위기가 풍겨 나오는 나름 특색 있고 예쁜 골목거리였다. 천천히 걸으면서 가게를 둘러봤는데 흙으로 만든 인형 작가의 공방이 보였고 가죽 핸드백을 만드는 공방도 있었다.

국악기를 파는 가게에서는 유리를 통해 사람들이 흥겹게 장구를 배우는 모습이 보였고 부채 박물관도 있었다. 한옥 카페 '산들다헌'에서 진한 대추차를 음미하며 쉬어가니 쌓였던 여독이 눈 녹듯이 풀렸다. 인사동 분위기가 나지만 상업적이지 않고 고요한 느낌, 그곳이 바로 예가람길이다.

예가람길의 중간에는 문화 예술 상설 공연이 열리는 조그만 광장이 마련되어 있다. 그곳에서는 야외 공연이 가능한 4월부터 10월까지 주말마다 '장구야 놀자', '춘향골 난타', '은빛합창단' 등의 흥겨운 공연이 열린다고 안내되어 있었다. 평일에 방문하는 바람에 그 열기에 동참하진 못했지만 어린 아이를 유모차에 태우고 나들이 나온 남원시민들과 관광객의 흥을 돋우는 야외 공연장의 정겨운 모습이 충분히 상상되었다. 예가람길에는 남원시립도서관이 있는데 평생학습관과 소극장도 있어서 책을 읽거나 배우고 영화를 관람하는 데 부족함이 없어 보였다. 요즘 지자체에서는 문화 복지시설 지원에 많은 신경을 쓰고 있구나 하는 생각이 들었다. 뿐만 아니라 근처에 메가박스가 있어서 영화도 관람할 수 있었다.

남원시가 최근 개관한 어린이청소년도서관은 최신 시설의 새로운 건물에 열람실은 물론 장난감 대여실, 전시실, 강의실 등 다양한 부대시설을 갖추고 있어 여가를 즐기기에 좋은 시설로 각광 받고 있다.

◉ 남원시 어린이 청소년도서관
◎ 휴관일 : 월요일　　◎ 이용시간 : 10:00~19:00
◎ 문의 : (063)620-5290, 남원시 도통동 554-2

◉ 남원시립도서관
◎ 이용시간 : 화요일~토요일(10:00 ~ 22:00), 일요일(10:00~19:00)
◎ 문의 : (063)620-8976, 남원시 광한북로 54(하정동)

◉ 남원시 교육문화회관(구내도서관)
◎ 문의 : (063)620-1243 , 남원시 용성로 49(동충동)

여성문화센터, 배우며 즐기는 소소한 기쁨

조산동 보건소 옆에 위치한 여성문화센터는 넓고 깔끔한 4층짜리 건물이었다. 보건소까지 무료로 운행되는 셔틀버스가 있어서 접근도 편리했다. 1층에는 휴게소, 2층엔 몇몇 강의실과 요리 강좌를 위한 널찍한 조리실이 구비돼 있었다.

2층 안쪽에는 천장에서 은은한 조명이 비추는 예쁜 북카페와 아이들을 위한 놀이방이 있었다. 안내된 프로그램을 살펴보니 주간, 야간으로 '내가 만드는 목공 DIY', '바느질교실', '요리교실', '바리스타반' 등 귀촌한다면 실제로 요긴하게 쓰일 의식주에 관련된 강좌들도 있었고 '보태니컬 아트', '드럼 배우기' 등의 취미생활 강좌와 서울에서는 찾기 어려운 '우리 소리 배우기' 강좌도 있었다.

복도 끝에는 다양한 강좌에서 활동했던 회원들의 사진, 후기 글과 결과물로 탄생한 여러 작품들이 예쁘게 꾸며져 탁자 위에 진열되어 있었다. 사진 속에 보이는 회원들의 즐거운 표정을 보면서 나도 훗날 남원에서 산다면 이런 다양한 프로그램에 등록해서 배워야겠다는 생각을 했다. 배움과 문화를 가까이 한다는 것은 내 삶에 풍요로움을 더해주는 즐거움이기 때문이다.

남원여성문화센터는 쉼터까지 잘 갖춰진데다 내가 이용하는 서울의 구립문화센터보다 수강료가 저렴하고 조용했다. 남원에서 생활한다면 서울과 비슷하게 소비하더라도 어느새 저축통장 하나가 더 늘어나는 소소한 재미도 느낄 수 있을 것 같다.

경력 단절 여성을 위한 지원도 된다니 취미활동을 확장시켜 일자리로 연결해서 수입까지 창출할 수 있다면 더욱 큰 의미가 있을 것이다. 남원시에는 그밖에도 여러 기관에서 운영하는 취미나 취업을 위한 평생교육교실이 열려져 있다.

♀ 남원문화원
◎ 문의 : (063)633-1582, 전북 남원시 광한북로 57 (하정동)

♀ 남원교육문화회관(시내)
◎ 문의 : (063)620-1243, 전북 남원시 용성로 49 (동충동)

♀ 남원교육문화회관(운봉분관)
◎ 문의 : (063)634-0716, 전북 남원시 운봉읍 서하길 7-8 (서천리)

♀ 남원시 여성문화센터
◎ 문의 : (063)620-6841, 전북 남원시 요천로 1283 (조산동)

모든 소리에 귀기울이는 도시

몇 해 전, 광화문 근처 박물관에서 야외 국악 콘서트를 관람한 적이

전통적인 정취가 물씬 풍기는 국립민속국악원.

있다. 퓨전 국악 연주단 '거문고팩토리'의 영롱한 소리에 감탄해서 국악에 관심을 갖게 되었다. 대중화된 서양 음악에 비해 오히려 귀에 생소한 음악이지만, 마음이 울리는 걸 보면 내게도 역시 '고요한 아침의 나라' 한민족의 정서가 흐르고 있음을 느낄 수 있었다.

남원에서 살게 된다면 국악과 우리의 소리를 꼭 배워 보고 싶다. 동편제의 고장답게 국악 공연과 축제를 가까이서 언제나 쉽게 즐길 수 있다.

이 조용한 도시에는 은은한 기품과 풍류가 느껴진다. 전통적인 판소리뿐 아니라 '남원의 소리'를 풀벌레 소리, 바람 소리 등 자연의 소리와 접목시켜 현대적 감각으로 표현한 소리 전시회도 미술관에서 기획, 전시되고 있다. 지역 예술인들은 이 도시를 대표하는 '소리'라는

국립민속국악원에서는 다양한 국악기 체험을 할 수 있다.

콘텐츠를 다양한 방식으로 풀어내고 있다. 내가 남원에서 살아본다면 우선적으로 '소리'라는 문화 콘텐츠에 관심을 갖고 공연과 전시를 공유하고 싶다.

남원 시내에 있는 '국립민속국악원'은 전통적인 정취가 물씬 풍기는 외관의 건물이다. 야외에서 산책할 때면 은은하게 명창이 부르는 소리가 배경 음악으로 들려온다. 내부에는 공연장과 전시실, 연습실 등이 있고 편경, 아쟁 등 색다른 전통 국악기가 진열되어 있어 구경하기에도 좋다. 국악원에서는 창극, 기악, 무용 3개 국악 연주단을 통해 방문객을 위한 다양한 활동을 펼치고 있다.

남원시 운봉읍에 있는 '국악의 성지'는 판소리 기념실과 공연실, 체험실 등 6개 실로 구성된 넓은 시설로 남원을 찾아오는 사람들에게 국악의 혼과 얼을 가르치고 있다. 또한 국악기 제작 체험, 국악 상설 공연, 국악 체험, 판소리 체험 등을 운영하고 있다. '국악의 성지' 옆에는 동편제를 만든 명창 송흥록의 생가가 있다. 이곳 소리쉼터에서는 5~6월과 9~10월 매주 토요일 토요 판소리 무대가 열린다.

지리산 둘레길 2코스 운봉과 인월 구간 중간쯤에 위치했으니 지리산 둘레길을 걷다가 잠시 들러 쉬며 명창의 판소리를 감상할 수 있는 기회를 놓치지 말길 바란다.

남원 시내에 있는 '함파우소리체험관'은 전통 한옥 양식으로 지어져 옛 정취를 느끼기에 좋다. 이곳에서는 남원시립농악단의 소리 퍼포먼스, 장구 배우기, 난타 배우기, 사물놀이 배우기 등 남원의 국악과 풍물을 배우고 즐길 수 있는 다양한 맞춤형 프로그램이 운영 중이다.

♀ **상설공연** 토요 국악 초대석, 광한루원 음악회와 민요산책

♀ **기획공연** 세시풍속과 함께하는 계절별 정기공연 31종

♀ **교육** 일반인 국악강좌, 청소년 국악강좌, 국악영재원 운영

♀ **체험** ◎ 찾아가는 국악교실 <국악 세상>
　　　　◎ 일반인을 위한 국악공연 <남원 풍류>
　　　　◎ 청소년 국악문화탐방 <국악은 내 친구>
　　　　◎ 문화 소외지역 학교초청 <즐거운 국악소풍>

♀ **민속국립국악원 전북** 남원시 양림길 54, 문의 : (063)620-2324

지리산 산내면의 사랑방, 카페 '토닥'

남원 시내가 아닌 지리산 근처 산내면에서는 어떻게 여가를 즐길까? 지리산 둘레길이 가까워 걷기와 명상에는 더할 나위 없이 좋지만 인간은 사회적 동물이라 사람들이 모여 함께 활동하는 시간도 있어야 외롭지 않을 거란 생각이 든다.

그런 궁금증을 가지고 '지리산이음'의 오관영 대표를 만나서 산내면에 사는 사람들이 여가 시간에 즐기는 문화 활동에 대한 이야기를 들어 봤다. 남원시 산내면은 귀농·귀촌인이 많아지면서 2천 명의 인구 중 비교적 젊은 세대인 40, 50대가 주축을 이루고 있다고 했다. 그래서인지 인터뷰 장소인 마을 카페 '토닥'에는 요즘 시골에서 보기 힘든 초, 중학생들이 여럿 있어 활기가 느껴졌다.

마을 카페 '토닥'은 산내면의 중심거리에 위치해 있는데 높은 천장과 따뜻한 느낌의 조명등, 통나무로 꾸민 장식 등으로 마치 알프스의 어느 산장에 온 듯 소박하고 이국적인 분위기였다. 이곳은 마을 주민들이 함께 기부해서 만든 쉼과 수다의 공간으로 아이들의 만화방으로, 때로는 영화관, 공연장으로도 활용된다고 했다.

카페 유리창에는 동아리 모임 공지문이 다채롭게 붙어 있었다. 산내면은 외지인의 유입이 많아서 다양한 문화로 인한 여러 모임이 활성화되어 있으며 온갖 공부와 책 읽기, 명상과 요리, 농구·탁구·축구

높은 천장과 따뜻한 느낌의 조명등, 통나무로 꾸민 마을카페 '토닥'.
알프스의 어느 산장에 온 듯 소박하고 이국적인 분위기다.

등 운동, 목공 등 모임 동아리가 50개 넘게 있다고 했다. 참 재미있는 시골이 아닐 수 없다.

특히 그중에서 산내마을 주민들로 구성된 '두꺼비'라는 동아리는 마을 어르신들의 집수리와 겨울철 장작 나눔을 한다. 또 음식을 만들어 독거 어르신들에게 배달을 하는 '게미'라는 동아리도 있다. 마을 젊은 이들은 산내놀이단이라는 풍물패를 만들어 겨울이 되면 산내초등학교 강당으로 주민들을 초청해 춘향전이나 별주부전 같은 공연을 한다고 한다. 농한기가 되면 약장수들이 곡마단패처럼 나타나서 노인들 쌈짓돈을 털어가는 것을 본 다음부터 말이다. 물론 그 후 산내에서 약장수는 자취를 감추었다고 한다.

오관영 대표 자신도 처음 이곳에 정착할 때 축구 모임을 통해 마을 사람들과 친해져 그들의 도움을 많이 받았다고 했다. 시골 생활을 하려면 모임에 가입해서 마을 사람들과 어울려 사는 것이 좋을 것이다. 또한 아이들이 유치원과 초등학교, 중학교를 한 반으로 연결해서 다니기 때문에 그로 인한 끈끈한 유대 관계로 학부모 모임이 활성화되어 있다.

산내초등학교에는 꿈나무도서관과 돌봄교실이 마련되어 있고 근처 복지관에서는 요가 강좌를 수강할 수 있다. 복지관에는 목욕탕이 있는데 요일별로 여성과 남성이 번갈아 이용할 수 있다. 마을에는 자율방범대가 있어서 스스로 아이들을 보호하면서 산다고 했다. 이렇게 이웃과 어울려 살면 서로 도우면서 텃밭에서 키운 먹을거리도 나눠 먹고 소박하고도 정겹게 살 수 있겠구나하는 생각이 들었다.

대도시에서는 옆집에 누가 사는지도 모른 채 개인주의적으로 살아가는데 말이다. 참 재미있는 마을이고 이것이 진정한 마을 공동체란 생각이 들었다. 언젠가는 산내로 내려와 살면서 그런 마을 분위기를 한껏 느껴보고 싶다.

> "
> 우리는 모두 연결되어 있고 본래 하나였으니
> 서로를 그리워할 수밖에 없는 존재들이다.
> 지리산을 떠날 때 내게 닿은 이 한마디는,
> 이 길을 오게 한 첫마디 '남원 가실래요?' 에 대한
> 멋진 화답이었다.
> "

진위향

장손 동생을 둔 장녀였던 나는 좌절에 굴복하고 숨죽여 살았다. 내 인생의 터닝포인트, 명상과 코칭으로 느낌에 깨어나고 의도의 힘이 커졌다. 호기심 많고 저지르기도 잘한다. 누가 "이 나이에 어떻게?"라고 하면 "지금이 기회! 인생 후반을 재밌게, 의미 있게 경험하고 가야지?"라고 말한다. 나에게 사람들의 행복을 돕는 코칭이 의미 날개라면 자연의 삶은 즐거움 날개다.

더도 덜도 없이 모든 것이 적당하다

지리산이 나를 불렀다

오십이 될 때까지 세상에 태어난 의무를 다해야 한다며 열심히 뛰었으나 나 자신은 뒷전이었다. 중년을 넘기며 벼랑 끝에 몰리고 나서야 비로소 몸이 쉬었고, 방황하는 마음을 들여다 보게 되었다. 마음 공부와 명상에 '올인'하면서 세상을 보는 눈이 크게 달라졌다. 나처럼 자신의 길을 찾고 있는 사람들을 돕는 코치가 되었다. 중년에 새길을 찾은 나로선 더 이상 헤맬 일은 없을 줄 알았다. 그런데 어느 날부턴가 자꾸만 무언가 빠진 듯한 느낌이 드는 거였다. 자전거 페달을 밟는 일을 소홀히 했었나?

내가 속한 코치 모임에서는 해마다 가는 해와 오는 해의 미리 보는 10대 뉴스를 선언한다. 나는 더 이상 미룰 수 없다는 생각에 '자유 여행 혹은 한 달 살이'를 공개 선언했다. 그로부터 나의 안테나는 저절로 이 주제에 맞는 주파수에 촉을 세우고 있었다.

올해 초, 첫 신호에 도전, '시니어 꿈꾸는 여행자' 프로그램에 선발되어 여행 기초를 쌓았고, 여름에는 '치앙마이에서 한 달 살기'를 수강했으나 잠깐 좌절감이 들었다.

일시 정지 모드. 그리고 생각의 전환이 있었다. 너무 숨차지 않게 다시 첫걸음부터 떼어야겠다는 생각에 힘을 뺐다. 일단 낯선 국내 어디에서 살아볼까? 그즈음 한 통의 메시지가 날아왔고, 첫 구절이 단번에 나의 마음을 사로잡았다.

"남원 가실래요?"

고민할 것도 없이 바로 지원하였고 여행 에세이 과제를 써 냈고 면접을 보았다. 그리고 이 치명적인 유혹에 넘어간 열여섯 명이 한 팀이 되었다.

남원행을 준비하는 과정에 비로소 지리산이 그곳에 있다는 것을 알게 되었다. 그런데 뒤돌아보니 나는 꽤 오래 전부터 지리산 자락을 들락거렸다. 맨 처음 인연이 2004년 쌍계사 산내암자였다. 수년간 쌍계사 옆 양 계곡으로 지리산을 드나들었다. 때로는 섬진강 줄기를 따라 내려가 보고 구례 화엄사에도 가곤 했다.

몇 년 후 함양 행복마을에서 공부를 이어갔는데, 장수 인월 지역을 무수히 지나다니면서도 지리산을 몰랐다. 10년 넘는 세월을 천령산 골짜기를 오갔으니 나와 지리산의 인연이 결코 짧지 않음을 이제야 알겠다. 그토록 찾아 헤매던 '나'라는 것이 바로 '지금 여기'에 존재하는 것임을 깨닫고 일상으로 돌아온 내가 지리산에 다시 내려온 것은 필연이 아닐까?

날뛰는 소를 찾아 길들인 주인처럼 지리산은 무심한 듯 넉넉한 모습으로 늘 '지금 여기'에 있었고, 나도 더 이상 '지금 여기'를 떠나 나를 찾지 않을 것이다. 혼자 있기를 좋아하던 내가 자연 속에서 사람들과 어우러져 살다가 떠나고 싶다는 생각을 하면서 다시 지리산을 만나게 되는 인연에 의미를 부여하게 된다.

남원이 지리산과 연결되자 익숙한 이름들이 보였다. 지리산이음과 실상사 귀농학교라니! 그 옛날 나의 전성기 활동과 연결되었던 익숙한 곳에 다시 간다는 사실에 남원을 향하는 내 마음속에는 호기심과 설렘이 교차했다. 도법스님과 실상사, 생명평화운동의 뿌리였던 그곳에서 지금은 든든히 자리 잡았을 학교와 공동체는 어떤 모습일까? 그곳에 나이 먹은 내가 할 만한 일은 있을까? 갖가지 상념이 스친다. 나는 일찌감치 '한 달 살이'에 대한 목표가 있었기에 나 자신을 위해서도 꼼꼼하게 정보를 찾겠다는 마음으로 임했다.

목적이 분명한 귀농과 달리 귀촌을 원하는 사람들이 제일 걱정하는 것은 '뭘 해먹고 살지?'일 거다. 나도 그랬다. 농사를 짓기는 어렵고 자연과 더불어 시골살이는 하고 싶고. 그래서 완전한 귀촌은 일단 접어두고 '살아보기'부터 도전해 보자는 생각을 하게 되었다.

남원에서 일자리를 찾다

기본 정보를 얻기 위해 시청 일자리경제과를 찾았다. 이곳에서는 남원시 차원에서 귀농·귀촌하는 사람들을 지원하는 갖가지 정책들을 시행하고 있었고, 앞으로 50+ 신중년을 대상으로 일자리 수요조사도 시행하겠다고 한다. 하지만 짐작대로 단기 살아보기에 적합한 일자리 정보를 찾기는 쉽지 않았다.

남원시 일자리경제과를 찾아 다양한 일자리 정보를 알아보았다.

대부분 귀농·귀촌인들의 정착을 지원하는 정책 위주로 최소 1, 2년 간 살아보는 것에 초점이 맞추어져 있으며 단기 일자리는 일일 노동이 대부분이었다. 지역 특성상 농촌 일손이 부족한데 특히 아무 기술이 없어도 누구든지 언제나 환영이라고 한다. 하지만 현실은 우리나라 사람들이 힘든 노동을 기피해서 금방 일을 그만두는 바람에 주로 외국인 노동자들이 일하고 있는 실정이다.

그래도 1년 정도 살아보기를 기준으로 시청 일자리경제과에서 마련한 여러 인력 정보를 알아보니 퇴직자의 전문성을 살리는 일자리도 꽤 보였다. 이것도 남원 시민 자격으로 지원이 가능하다보니 '한 달 살아보기'용 일자리를 찾겠다는 사명이 벽에 부딪힌 느낌이 든다. 그렇다면 관점을 좀 넓혀서 활동거리를 먼저 알아보고, 조금씩 살아보면서 일거리를 찾아보는 것으로 방향을 잡아야겠다. 도시 사람이 시골에 내려가면 일단 도심권에 살면서 뭔가 찾아보는 게 좋을 것 같은 생각이 들었다. 마침 그 고민에 딱 맞는 분을 만나게 됐다.

'모든 것이 적당하다.'

남원아이쿱 전 이사장인 권영애 씨가 바로 그 주인공이다. 남원 시민이자 여성으로서 남원에서 살아가는 이야기를 듣게 될 것이라는 기대가 컸다. 생협 활동가였으니 내가 한살림에 매진했던 때와 비슷한 경험과 가치관을 가진 분일 것이라는 동질감도 느껴졌다. 또 여성으로서 회원들이 생협 활동을 통하여 어떻게 성장하고 어떤 비전을 가지고 노력하는지도 궁금했다.

아이쿱은 시내의 번듯한 단독 건물에 위치해 있는데 카페와 소모임방 등, 넉넉한 활동 공간을 가지고 있었다. 주된 활동은 아무래도 생협 특성상 먹을거리 관련 회원 모임이지만 요즘은 남원 시민의 임무로서 시의회 의정감시활동에 열심히 참여하고 있다고 한다.

살아보기를 해 본다면 무엇보다 거주할 집은 저렴하게 구할 수 있겠

◉ 남원시의 활동과 일거리 정보

◎ **작은변화포럼** : 관내 시민단체 17곳 정도가 모여 활동하는 네트워크 조직

◎ **남원아이쿱생협** : 친환경식품과 문화적 욕구들이 만나고 수렴되는 곳. 동아리 활동, 자신이 관심있고 잘 할 수 있는 분야에서 가볍게 접근하고 사람을 만날 수 있다.

◎ **배움이 있는 단체**

- 남원문화원 : 지리산 문화해설사 과정. 역사나 문화에 관심이 많은 분. 지역을 잘 알수 있게 되고 해설사로 활동하거나 자원봉사 하기도 좋은 영역이다.
- 농업기술센터 : 명품농업대학. 텃밭이나 농사에 관심 있는 사람. 품목별 기술교육. 국화재배 분재 등 취미 교육도 된다.
- 여성문화센터 : 여성들의 교양과 취업을 위한 다양한 교육 프로그램 운영
- 기타 남원귀농귀촌지원센터, 공동체지원센터, 남원도시재생센터, 꿈꾸는 마을학교 등

지만 남원 도심권에서 산다면 무슨 활동거리와 일거리를 찾을 수 있을까?

일자리와 관련된 활동거리의 자세한 정보를 부탁했더니 남원의 도시권에서 찾을 수 있는 활동과 일거리 정보들을 엄청 찾아주었다! 관심 가는 몇 가지를 추려보면 다음과 같다.

가장 관심이 가는 것은 교육 관련 강좌였다. 남원문화원 등에서 숲 해설, 생태 해설, 역사문화 해설 강사 양성 과정을 개설하면 현지인 지원자들이 부족하다고 한다. 나도 예전에는 관심이 많았지만 지금은 이런 일을 하는 사람이 많아 엄두가 나지 않았는데 시골에서는 사람이 부족하다는 말에 공감이 되었다. 도시에서 내려오는 50+들이 이 분야에 참여하면 살아갈 지역의 문화와 역사를 배우면서 해설사가 될 수 있고, 멋진 일거리로 이어질 수 있을 것 같다.

또 남원에는 공공과 민간을 연결하는 중간 단체가 많은데 이런 단체들이 현장에서 시민들이 실제로 필요로 하는 일들에 대해서 함께 고민하고 해결 방안을 찾고 있다고 한다. 이곳에서 많은 사람들을 만났고 좋은 정보를 얻을 수 있었다.

아, 그리고 공동체지원센터에서 아주 가까운 깜짝 만남이 있었다. 과천에서 같이 활동하다가 귀촌한 회원이 센터의 팀장을 맡고 있었다. 한 동네에서 품앗이 공동체 활동을 하며 더불어 살던 분이, 남원이라는 새로운 동네에서 중요한 역할을 담당하고 있는 것을 보니 마음이

남원아이쿱 전 이사장 권영애 씨

뿌듯하고 든든했다.

권영애 씨가 남원에서 살게 된 것은 남편 직장을 따라서였다. 어느새 남원 생활 20년, 이제는 토박이처럼 익숙하고 편안한 곳이라고 한다. 아이쿱 생협 이사장을 역임하였고 지금은 문화해설사로 활동하고 있다.

권영애 씨는 적극적인 생협 활동을 하다보면 지역 사회에 대한 참여 의식도 성장하게 된다며, 최근 회원들이 의정 감시 활동에도 열심히 참여하고 있는데 남원 시민으로서 중요한 역할이란 점에 큰 의미가 있다고 한다. 개인적으로 지역의 역사 문화에 관심이 많아서 오래 전부터 공부를 해 왔고, 앞으로 더 많은 사람들에게 전달하고 싶다는 희망을 가지고 있다. 남원의 매력을 한마디로 표현해 달라는 질문에 권영애 씨는 이렇게 대답했다.

"남원은 모든 것이 적당하다."

자신이 살고 있는 곳에 대한 만족감, 과할 것도 모자랄 것도 없는 편안함이랄까? '적당하다'는 표현에서 말하는 이의 진정성이 느껴져 나에게도 남원이 살만한 곳으로 다가왔다.

종일 비를 맞으며 이틀 째 빡빡한 일정을 소화한 후 피곤한 몸으로 숙소로 향했다. 어둑한 시각에 들어선 함파우소리체험관, 정갈한 한옥에 청사초롱을 달아놓은 기와 담벼락이 고풍스러운 느낌으로 우리를 맞아주었다. 양옥의 편리함과 한옥의 포근함이 합해진 이 느낌은 아마 '적당함'이라 표현해도 되겠다. 편안한 분위기에서 팀원들과 나누는 수다에도 정감이 더해진다. 내일 아침에는 몸과 마음이 다 가뿐해질 것 같다.

어우러져 사는 맛, 산내면 사람들

한때 공동체 마을을 꿈꾸었던 내가 가장 관심을 가진 곳은 산내마을이다. 젊은 시절 내 삶의 큰 줄기가 사회운동이었고 특히 그중에서도 지역 운동이었으니 그 뜻을 실행하고 살아가는 사람들과 마을을 직접 둘러보고 만나고 싶었다.

남원에서도 산내면은 특별한 동네다. 남원 전체 인구가 19만 명에서 8만 2천 명으로 급감했는데 산내면 홀로 감소세가 멈추어 있다는 사실만으로도 희망을 준다. 도시 사람들이 내려와 원주민들과 어울려 살기 위해 능동적으로 노력하면서 재미있는 생활 분위기를 만들고 사는 것 같다. 나도 여기서는 무슨 일인가 할 일이 있을 것 같은 느낌이 드는 동네다.

산내면 공동체 마을이 있게 된 뿌리는 실상사의 귀농학교였다고 한다. 1998년 첫 졸업생들 중 희망자에게 실상사가 소유한 땅을 제공해 농사를 짓기 시작하자 해가 지날수록 사람이 늘어나 자연스럽게 공동체가 형성되었다.

젊은이들이 들어오고 아이들이 자랐다. 선생님이 귀촌하고 학교가 생겼다. 하나 둘 여럿이 만나서 함께 놀고 일하고 밥 먹고. 이 모든 일이 씨를 뿌린 누군가의 의도가 있었기에 생명으로 움텄을 것이다. 떡잎이 흙을 밀며 머리를 내민 것은 매우 자연스러운 일이나 그 노력은 눈물겨웠을 것임을 짐작하고도 남겠다. 실상사가, 도법스님이 정신적 지주가 되고 이곳을 오가는 주민들이 소금이 되었을 것이라 믿어진다.

지리산의 사람과 지역, 자연을 연결하는 데는 '지리산이음'의 역할이

컸다. 서울에서 활동하던 오관영 대표가 현장에서 답을 찾기 위해 8
년 전에 지리산으로 내려왔고 '이음'이라는 이름 그대로 사람들을 잇
고 도시와 농촌을 이어가면서 공동체가 형성되는데 중요한 근간이
되었다. 내가 살던 과천에서도 비슷한 활동들이 많이 진행됐지만 닮
은 것 같으면서 다른 느낌으로 다가온다. 그 까닭은 무엇일까? 아마
우리는 도시에 없는 것을 시도해 보는 것이고, 그들은 그대로 삶으로
살아낸다는 점이 아닐까.

지역 농산물을 파는 곳, 공방, 친환경식품 매장 느티나무 등 내게는
너무나 친근한 곳들을 보니 내가 할일이 많을 것 같은 착각에 빠진
다. 오관영 대표에게 마을에서 살아보기가 가능할지, 할 만한 일거리
는 있는지 물어보았다. 먼저 머물 곳을 알아보니 요즘은 산내면에 빈
집이 드물어졌다고 한다. 지금까지 꾸준히 귀농 인구가 늘어서 예전
같지 않은가 보다. 잠시 머물 곳으로 민박할 장소는 몇 군데 있었다.
마을 사람들의 집을 제공하는 곳이라 그들의 삶을 가까이서 느낄
수 있을 것 같다. 숙박 시설 기타 자료들은 지리산이음 홈페이지
(jirisaneum.net/jirisaneum)에서 자세히 소개하고 있다. 직접적인 일거
리로는 산내마을에서 많이 나는 밭작물과 고사리를 가공하는 일이
있다.

나의 관심거리 중 하나는 주민들의 모둠 활동이다. 젊은 주민들이 많
고 도시와 마찬가지로 갖가지 관심거리를 배우는 모임이 아주 많다.

50가지가 넘기도 하는데 수시로 사라지고 새로 생기기도 해서 다 파악하기 어렵다고 한다. 강사를 어떻게 구하는지 관심이 갔다. 내부에서 해결하기도 하고 외부에서 모셔오기도 한단다.

타지에 사는 사람들도 참여할 수 있다고 하니 현지로 귀농하지 못하는 사람은 도시권에서 살면서 오가며 좋은 연결을 만들어낼 수도 있겠다는 생각이 든다.

강사 자격을 가지고 있다면 일자리를 만들 수도 있겠다. 요즘 내가 부지런히 이런저런 것을 배우고 다니는 것들이 쓸모 있으면 좋겠다.

단, 산내에서는 돈을 벌 욕심은 버리는 게 좋다. 도시처럼 돈이 많이 필요하지 않은 마을, 자연 속에서 사람들과 더불어 마음 편하게 사는 삶을 즐기는 것 이상 큰 대가가 있을까?

산내면에 대한 정보들은 엄청 많지만 나는 직접 가서 경험하고 싶다. 아무래도 조만간 짧게라도 '살아보기'를 해 봐야겠다. 뭐, 안 되면 며칠 묵어보기라도!

자연스러운 흐름에 따라 사는 산내 사람들의 자연스러운 삶들을 보면서 점점 더 지리산이 사람 사는 곳으로 다가온다. 나이 들고 힘 떨어진 나도 어찌어찌 살아볼 수 있겠다는 생각이 들게 되니 말이다.

일자리 말고 일거리를 찾아라

드디어 여정을 마무리할 저녁이 기다리는 '길섶갤러리'에 모였다. 비가 내려 번거로운 가운데 흑돼지 바비큐 파티가 준비돼 있었다. 어찌나 맛있게 먹었는지 밥 없이 고기 식사만 한 건 아마 평생 처음인 듯하다.

총정리를 겸한 모임은 산내 사람들과 함께 하는 잔치가 됐다. 오관영 대표는 물론 아영 흥부마을 이영석 대표도 오셨다. 교수 은퇴 후 아영면에 정착해 들기름을 짜게 된 사연, 이제는 나이가 들어 후임을 찾고 있는데 쉽지 않다는 아쉬움도 토로했다. 도시의 50+와 귀촌한 50+들의 진한 소통과 나눔 사이에 밤이 깊었다.

지리산에 미쳐(?) 사진을 찍고 다니다가 지리산에 정착한 길섶갤러리

갓 구운 빵과 함께 한 길섶갤러리의 아침 식사.

강병규 대표는 "잘생긴(자평) 얼굴만큼이나 세련된 감각으로 산속에서 서양식 메뉴로 안타를 쳤다"고 했다.

이곳에서는 도시와 다른 삶의 방식에서 새로운 발상과 아이디어가 떠오르는 일들이 자연스럽게 일어난다. 모든 게 갖추어져 있는 도시와 달리 여기선 없는 것 투성이어서 필요에 따라 새로운 일거리를 만들어내고 있다. 또한 여기에선 이미 있는 일들이 도시 사람의 눈으로 보면 새로운 일거리가 되기도 하니 일단 들어오라고 한다. 창의성이 반짝 살아나는 곳에서 '일자리 말고 일거리'를 찾으라는 말이 촌철살인이다.

하얀 구절초와 푸른 솔숲의 정갈함이 어우러져 환상적인 감동을 준다.

그러고 보니 단 사흘 만에 나도 그런 생각에 어느 정도 동의가 되는 참이다. 남원의 동쪽, 서쪽을 탐사하고 주민들과 대화하면서 얻은 결론은 '일단 먼저 와서 살아보기'가 어렵지 않겠다는 것이었다. 생소하고 감잡히지 않던 남원·지리산이 이렇게 가깝게 느껴지고 귀촌을 저지를 수 있겠다는 용기가 생긴 것이 큰 소득이다.

마을 사람들과 만남을 갖다보면 가까워지는 것은 물론 생생한 정보를 얻고 실질적인 도움을 받을 수 있어서 성공적인 귀촌에 큰 도움이 된다. 그리고 여기까지 와서 일자리를 찾는 것은 도시인의 발상이다. 널려 있는 일거리를 찾으라는 것이다.

"와서 같이 살아요"

아침이 되자 빗발이 뜸해지더니 날씨가 훤하게 개었다. 내내 우리를 따라다니던 태풍도 뒤끝이 없다. 아침 식사는 갓 구운 구수한 빵에 서양식 뷔페 상차림이었다. 화려한 도시 음식이 하얀 구절초와 푸른 솔숲의 정갈함과 어우러져 환상적인 감동을 준다.

이제 길섶을 떠나야 할 시간, 마지막으로 지리산 둘레길을 걷고 서울로 돌아가야 한다. 아쉬운 마음을 안고 인사를 나누는 시간, 길섶 주인장 강병규 대표님이 우리가 떠난 뒤 주말에 열리게 될 구절초 축제를 공지하셨다. 긴 안내 말씀 끝에 덧붙인 마지막 한마디가 간절한 느낌으로 가슴에 와 꽂혔다!

"와서 같이 살아요~."

바로 이런 느낌이었을까?

"남원 가실래요?"에서 어쩌면 나는 사람들과 함께 하는 따뜻함을 느꼈는지도 모른다. 도법 스님의 말씀처럼 '우리는 모두 연결되어 있고 본래 하나'였으니 서로를 그리워할 수밖에 없는 존재들이다. 지리산을 떠날 때 내게 닿은 이 한마디는, 이 길을 오게 한 첫마디 "남원 가실래요?"에 대한 멋진 화답이었다.

외서
같이 살아요!

태풍 '미탁'도 막지 못한
3박 4일 간의 인생 탐색

이서윤 ● 서울시도심권50플러스센터 기획홍보팀 PM

2019년 9월 18일(목)

"피엠(Project Manager)님, 남원 가실래요?"

올해 50+글쟁이사업단의 활동 무대로 남원을 염두에 두고 있다는 센터장님 말씀을 전해들은 바 있었으나 내가 담당 실무자가 될 줄은 몰랐다. 50+의 시선으로 남원 지역의 일·활동거리를 탐색하고 뭔가 의미 있는 기록물을 만들어 보자는 사업의 취지가 멋졌다. 잘 해낼 수 있을까라는 걱정 반,

그리고 결과물에 대한 기대 반으로 과정에 투입되었다.

과정을 구체화하기 위해 협업 단체인 예비관광벤처기업 '패스파인더' 김만희 대표, 출판사 '퍼블리터' 정재학 대표와 몇 차례 기획 회의를 진행하고 남원 지역 사전 답사를 다녀왔다. 챙겨야 할 것이 많았다.

오늘은 개강 날! 참가자들이 직접 작성한 여행 수필을 읽어보고 최종 선발을 위한 인터뷰도 진행했기에 참가자 열여섯 명을 처음 만나는 것은 아니었지만 개강 시간이 다가올수록 가슴이 떨려왔다.

오후 2시가 되었다. 센터장님의 인사 말씀을 시작으로 오리엔테이션이 시작되었다. 지역살이에 관심 많은 5060세대가 직접 지역을 탐방하며 얻은 정보와 생각을 담아 지역살이 가이드북을 만드는 것은 유례없는 시도라며 진취적이고 즐겁게 참여하라고 격려해 주셨다.

운영진을 소개한 뒤, 아이스 브레이킹 미션들을 진행했다. 낯을 가리고 부끄러움이 많은 성격이라 해야 할 코멘트를 종일 연습했었다. 어떻게 끝냈는지 기억이 잘 나지 않지만, 카드 미션이 끝났을 때 모둠 간 대화를 나누시는 모습을 보며 일말의 목적을 달성했다는 생각에 안도했다.

다음은 패스파인더 김만희 대표께서 이 사업의 기획 배경, 내용과 일정 등 전반적인 개요를 말씀해 주셨다. 패스파인더와 함께 여행 길에서의 인식 전환으로 경력 전환의 계기를 찾길 바란다는 말에 무한 신뢰가 갔다.

남원 사전 답사 때 많은 도움을 주셨던 남원시청 일자리경제과 안순엽 계장께서는 남원의 역사, 문화, 그리고 현재 일·활동거리 현황에 대해서 강의해 주셨다. 섬세하고 재치 있는 입담에 강의 내내 웃음과 미소가 끊이질 않았다. 남원을 알리기 위해 서울까지 올라온 열정에 감탄했다.

열여섯 참가자들을 네 명 씩, 네 개 모둠으로 나누었다. 힐링·즐길거리를 탐색할 1모둠, 일·활동거리를 탐색할 2-1모둠과 2-2모둠, 한 달 살기를 탐색할 3모둠. 3시간 과정이 끝난 뒤, 모둠별로 이번 여행에서 찾고 싶은 것의 키워드를 정리해 보는 미션을 드렸다. 강의 종료 시간이 임박한 상황이라 시간이 부족해서 불만을 표하거나 그냥 갈까봐 마음 졸였는데 모든 분들이 기꺼이 시간을 내 주셔서 감사했다.

남원으로 떠나기 전 남은 세 번의 강의에서, 출판사 퍼블리터 정재학 대표의 기록 잘하는 법과 남원의 대표적 사회적 협동조합 '지리산이음' 오관영 대표의 지리산 일대 공동체 및 사회적 경제 소개 강의가 이어졌다. 또한 모둠별 혹은 개인별로 관심을 두고 있는 주제에 대해 어떤 기관, 어떤 사람책을 인터뷰할지 세부 일정을 결정하게 된다. 그 뒤 우리는 남원에 가게 될 것이다.

2019년 9월 29일(일)

남원 여행이 본격적으로 시작되기 전 날인 일요일 오후. 센터로 출근해 센터장님과 짐을 꾸렸다. 곧이어 이번 과정을 취재하고 참가자들을 인터뷰

해 주실 옥선희 선생님도 도착하셔서 도움을 주셨다.

센터장님의 자가용에 짐을 가득 싣고 고속도로를 달렸다. 운전자가 센터장님뿐이어서 죄송스러웠다. 빨리 도착하기만을 바랐는데도 꼬박 4시간이 걸렸던 것 같다. 남원에 도착하니 이미 밤이 되어 있었다. 남원 시내 켄싱턴리조트에 숙소를 잡고 짐을 풀었다.

챙겨야 할 사항들을 점검한 뒤, 씻고 누웠다. '내가 지금 남원에 있구나', '드디어 내일 남원 여행이 시작되는구나!'라는 실감은 잠 대신 긴장감을 몰고 왔다. 지금 느껴지는 이 긴장감을 유지하며, 최대한 놓침 없이 이번 과정에 임해야겠다고 생각했다.

잠깐 선잠이 들었던 것 같은데, 센터장님이 주무시는 방에서 비명 소리가 들렸다. 가위에 눌리셨다고 한다. 피로감을 느끼셨던 걸까?

2019년 9월 30일(월)

해가 떠올랐다. 남원까지 왔고 날씨도 좋으니 잠깐의 아침시간 동안 산책을 하기로 했다. 아침 일찍 기상한 옥선희 선생님과 근처 덕음산 오감만족 숲을 산책한 뒤 춘향테마파크와 광한루원 등을 둘러보았다. 이몽룡과 성춘향 커플조각상을 찍어 센터 동료들에게 보냈다. 갑자기 센터와 동료들이 그리웠다.

잠깐의 여유 후, 켄싱턴리조트 편의점에서 간단히 아침을 해결한 뒤 운영물품과 참가자들을 위한 웰컴 기프트를 만들기 위해 대형마트에서 장을 봤다. 샌드위치, 음료수, 귤, 젤리 등으로 웰컴 기프트를 만들고 나니 참가자들의 남원역 도착 시간이 얼마 남질 않았다. 점심을 챙겨 먹을 시간이 없어 바로 남원역으로 향했다.

남원시청 관광과에서 지원해 준 45인승 대형버스가 남원역에 대기하고 있었다. 일정이 빡빡한 편이라 스케줄이 조금씩만 틀어져도 마지막 스케줄이 많이 어긋날 수 있기 때문에 버스 승하차 시간을 맞추고 기사님께 목적지를 명확하게 전달해 드리는 일을 차질 없이 진행해야 했다. 돌이켜보면 남원 여행 중 가장 신경이 많이 쓰이고 어려운 업무였다. 17호 태풍 미탁으로 운전이 힘드셨을 텐데도 스케줄 이상 없이 무사 귀환 할 수 있도록 도움 주신 기사님께는 지금도 감사한 마음이다.

남원역에서 참가자 열여섯 명을 태우고 가장 먼저 향한 곳은 남원 행정마을 서어나무숲이다. 행정리 이장이셨던 정계임 전 이장께서 서어나무숲의 아름다움에 대해 설명해 주셨는데 보기에도 매력적인 숲이었다. 산림치유

힐링·즐길거리를 탐색한 1모둠.
왼쪽부터 이은정, 고영숙, 차관병, 전민정.

지도사이시기도 한 패스파인더 김은영 실장께서 직접 숲 치유 프로그램을 진행해 주셨다. 하늘거울은 뱀의 눈, 새의 눈으로 숲과 하늘을 바라볼 수 있게 해 주어 자연의 일부가 된 듯한 느낌이 들었다. 그밖에 서클댄스, 시 짓기 프로그램 등을 진행하며 서서히 남원 모드로 전환되어 갔다.

첫 번째 숙소인 남원 백두대간 트리하우스에 도착하니 오후 4시 30분쯤 되었다. 트리하우스는 거대한 숲 속 나무들 틈 사이로 숙소 한 채가 마치 나무 한 그루인 것처럼 세워져 있는 인상적인 숙소였다. 숨을 쉬면 폐가 정화될 것 같았다. 내일 아침 일찍 일어나 조금이라도 산책을 해야겠다고 생각했다.

남원시 부시장님의 환영 인사와 말씀을 듣고 나오니 벌써 하늘이 어둑어둑해져 간다. 야외 데크에서 차이룩 정그림 대표의 쿠킹클래스를 진행하는 중, 밖은 점점 어두워져 요리하기가 난감해지고 있다 느낄 때쯤, 안순엽 계장께서 조명기구를 공수해 설치해 주셨다! 덕분에 운치 있는 저녁식사 시간이 되었다.

자연의 소리를 연주할 수 있다는, 남원을 대표하는 박석주 기타리스트의 '지리산을 듣다' 공연 후, 안순엽 계장께서 마련해 주신 통닭 야식을 먹으며 두런두런 이야기를 나누었다. 이렇게 밤늦게까지 따뜻하고 진심 어린 환영을 받으니 힘이 났다. 참가자들도 분명 온기를 느꼈을 것이다.

모두 숙소로 돌아가시고 난 뒤, 운영진 숙소로 들어왔다. 오늘 하루가 무사히 지나갔음에 안도하고 나자 아침 이후 제대로 먹은 것이 없다는 것을 깨달았다. 마가렛 쿠키 한 봉지를 뜯어 먹으며 다음날 일정을 확인하고 잠자리에 들었다. 피곤했는지 금방 잠에 빠져들었다.

일과 활동 거리를 탐색했던 2-1모둠.
왼쪽부터 조현랑, 지영진, 박창원, 최혜영.

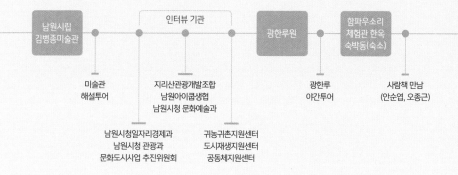

새벽 5시에 일어나 씻고 밖으로 나왔다. 아직 해가 뜨지 않아 어두웠다. 성실한 쓰레기 수거차가 요란스럽게 왔다 갔다. 밤새 비가 온 건지, 이슬이 맺힌 건지 땅이 축축했다. 트리하우스 숲속은 이슬을 머금어 진해진 풀향과 나무줄기향이 진동했다. 나중에 시간이 된다면 부모님을 모시고 오고 싶었다.

해가 뜨려고 한다. 풀향에 빠져 있을 때가 아니다. 오늘 아침은 뷔페식으로 이것저것 세팅이 필요했다. 시리얼, 우유, 용기면, 삶은 계란, 사과(지리산 출신), 그리고 남원에서 유명한 '빵아재'에서 새벽에 구워 낸 견과통밀빵, 커피와 차를 준비했다. 특히 빵아재에서 견과통밀빵을 새벽 배송해 주신 황의도 실장님은 우리 센터에서 목공 수업을 진행해 주시는 분이신데 3년 전쯤 가족들을 데리고 남원으로 귀촌하셨다고 했다. 어떻게 딱 남원으로 귀촌하셨을 수 있지! 마치 운영진처럼 많은 도움을 주고 계심에 감사함을 느꼈다.

자유롭게 아침식사를 끝낸 뒤, 다음 행선지로 출발하려는데 비가 무섭게 쏟아졌다. 17호 태풍 미탁이 남원으로 다가왔음을 느낄 수 있었다. 버스가 도로에 쌓인 물을 가르며 꼬불꼬불한 길을 달려 내려 갈 때마다 '제발 무사하게 해 주세요' 라고 기도했다. 종교가 없지만 열심히.

다행히 누구도 다치지 않고 남원시립김병종미술관에 도착했다. 자가용으로 미술관에 도착하신 센터장님은 이런 빗길 운전은 생전 처음이었다고 하셨고 다른 참가자 한 분은 폭우를 뚫고 온 경험을 토대로 시를 작성하셨다. 모두 무사히 서울로 돌아갈 수 있기를.

큐레이터의 해설로 김병종미술관의 작품들을 깊이 있게 둘러볼 수 있었다. 모던하고 깔끔한 외관과 한적하면서도 에지 있는 내부가 매력적인 미술관이다. 짧은 자유 시간 후, 참가자들은 모둠별 · 팀별로 버스와 승용차 4대에 나눠 타고 인터뷰할 사람책을 찾아 흩어졌다. 가장 많은 참가자들을 태운 버스는 남원시청으로 향했다.

시청에서 지리산관광개발조합, 귀농귀촌지원센터, 도시재생현장지원센터로 바쁘게 움직였다. 버스 기사님은 이렇게 빡빡한 스케줄은 처음이라며 투정을 부리는 모습도 있었지만 정확히 시간에 맞추어 목적지에 우리를 내려 놓았다. 모든 팀들이 이상 없이 인터뷰를 잘 진행하고 계시겠지?

인터뷰 일정을 끝내고 집결한 곳은 추어정식이 유명한 '새집추어탕'이었다.

일거리와 활동거리를 탐색했던 2-2모둠.
왼쪽부터 오방옥, 신유정, 김해숙, 신창용.

비가 오락가락하는 흐릿한 날씨라 몸도 기분도 고단했을 것 같았다. 따끈한 추어탕이 참가자들의 노곤함을 풀어줄 수 있지 않을까 생각했는데 의외로 추어가 들어간 음식을 못 먹는 참가자들이 계셨다. 추어숙회, 추어튀김, 추어무침, 추어탕 등이 부족해 계속 채워지는 테이블이 있던 반면 우리 식탁에서 가장 많이 나간 것은 잡채나 묵 같은 반찬들이었다. 이번 남원 여행에서 많은 도움을 준 남원시청 관광과 박연임 주무관께서도 직접 방문해 환영해 주었다. 퇴근 후 귀한 저녁 시간을 내어 이렇게 찾아준 것이 무척이나 고마웠다.

식사를 마친 뒤, 근처 광한루원으로 향했다. 광한루 야간투어가 기다리고 있었다. 권영애 남원아이쿱 전 이사장께서 1시간 20분가량 광한루에 대한 해설 투어를 진행해 주셨다. 1시간을 부탁드렸으나 설명에 애정이 덧대지니 시간이 훌쩍 넘어갔다. 남원과 광한루에 대한 마음이 깊음을 느낄 수 있었다. 어둑어둑해질 때쯤 시작된 투어는 광한루에 조명이 들어온 뒤 끝이 났다. 조명이 켜진 광한루가 멋져서 연신 사진기를 들이댔지만 아름다움을 그대로 담을 수는 없었다. 눈에 담기로 했다.

둘째 날 밤 숙소는 함파우소리체험관 한옥 숙박동이었다. 푹신하고 깨끗한 이부자리, 책도 몇 권 있었다. 바로 눕고 싶은 충동을 누르고 얼른 짐을 푼 뒤, 이야기를 나눌 수 있는 야외 테이블에 자리를 마련했다. 안순엽 계장께서는 다음날 해외출장을 떠나야 함에도 불구하고 시민공감 오종근 대표이사와 함께 함파우소리체험관을 들러주셨다. 직접 캔 고구마까지 한 박스 챙겨서! 밤늦게까지 의미 있는 대화들이 오고 갔다.

아침부터 저녁까지 허투루 쓴 시간이 1분도 없었던 하루였다. 집 밖에선 통 잠을 못 자는 예민함도, 내일 일정에 대한 긴장감도, 피곤 앞에선 자취를 감추었다. 어떻게 잠이 들었는지도 모르게 잠들었다.

2019년 10월 2일(수)

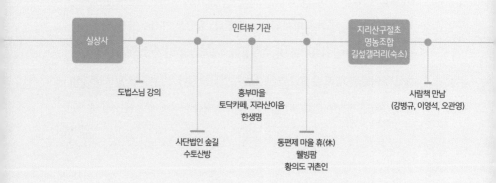

새벽 5시 반쯤 되어 기상했다. 씻고 방에서 나와 한옥 툇마루에 앉았다. 아직 해가 뜨지 않아 어두웠고 비도 부슬부슬 내리는 새벽이었다. 여유를 가지고 천천히 오늘의 일정을 정리했다.

시간이 지나자 참가자들이 한두 명 바깥으로 나왔다. 이제 시작이구나. 오늘 오전은 실상사에서 도법스님을 뵙는 날이다. 성인의 설법을 듣는 건 설레는 일이다. 빨리 실상사에 가 보고 싶었다.

아침은 광한루 근처 '추어향' 식당에서 소고기뭇국과 떡갈비를 먹었다. 따뜻한 뭇국에 밥을 말아먹으니 비 내리는 아침의 스산한 기운이 가셨다. 참가자들도 만족하는 듯 밝은 표정이었다. 식사 후 남원 시내에서 실상사가 있는 산내면으로 이동했다. 오늘부터는 지리산과 가까워진다.

실상사로 들어가는 입구에 대형버스가 들어가기 어렵게 울타리가 쳐져 있었다. 버스가 어려움을 겪고 있다면 일단 내리고 봤다. "버스와 관련된 건 모두 내가 맡는다!"는 일종의 사명감 같은 게 있었다. 간신히 실상사에 당도하였을 때 살살 떨어지던 빗줄기가 무거워졌다. 인드라망공동체 한생명 운영위원장이신 윤용병 이사께서 친히 실상사에 대해 안내해 주셨다. 그 사이 실상사 옆, 한생명 안에 자리 잡은 빵아재에 들러 어제 아침으로 먹었던 견과통밀빵에 대해 감사 인사를 전하고 팩 주스를 구입했다.

신발이 젖었으니 양말도 푹 젖어있었다. 도법스님을 뵙기 위해 법당에 들어섰는데 젖어있던 양말이 다 마를 것 같이 뜨끈했다. 떨다가 경직된 몸이 노곤노곤 풀어져버렸다. 귀한 말씀을 해 주시는데 자꾸 졸음이 밀려왔다.

한 달 살기를 탐색한 3모둠.
왼쪽부터 유정순, 송인혜, 박선령, 진위향.

졸지 않기 위해 허벅지를 열심히 꼬집고 자세를 바꿔가는 중, 꼿꼿한 자세로 집중해 스님의 말씀을 경청하는 다른 참가자들의 모습을 보고 정신이 번쩍 들었다.

실상사에서 점심공양을 한 뒤, 다시 인터뷰어 모드로 전환했다. 모둠별·팀별로 각자 인터뷰할 곳으로 흩어졌다. 버스는 1모둠을 태우고 사단법인 숲길과 동편제 마을 휴로 이동했다. 비가 쉼 없이 내리는 바람에 도로에 빗물이 쌓여 이동이 불편했다. 모두 무탈하게 스케줄을 마치길 바랐다. 각각 인터뷰를 끝낸 뒤 세 번째이자 마지막 숙소인 길섶갤러리에 다시 모였다. 길섶갤러리는 지리산 자락에 위치해 있어 대형버스가 올라갈 수 없었다. 강병규 대표께서 직접 픽업을 해 주었다. 길섶갤러리 숙박동은 10년 전, 지리산이 좋아 서울을 떠나 지리산에 정착한 강병규 대표가 가꾼 흙방 7개로 이루어져 있다. 그동안 묵었던 2개의 숙소보다 자연친화적이었다. 대표님이 관리하는 구절초 밭을 따라 올라가다 보면 지리산 둘레길 3코스 시작점으로 연결된다.

저녁식사 시간이 되어 식당에 모였을 때, 남원의 마지막 밤에 걸맞은 만찬이 마련되어 있었다. 샐러드, 돈가스, 전, 그리고 숯불고기에 어울리는 무한 생맥주에 싱싱한 상추와 고추, 명이나물, 양파초절임, 새콤한 김치 등이 테이블 가득 마련되어 있었다. 대표님께서 빨간색 체크무늬 앞치마를 둘러매고 직접 서빙을 해 주셨다. 그 모습이 너무 매력적이라 사진을 찍고 말았다. 흥부마을영농조합을 세우고 직접 재배한 들깨로 질 좋은 들기름을 판매하시는 이영석 대표, 서울까지 올라와 남원 지역의 공동체 및 사회적경제 조직 등을 소개해 주셨던 지리산이음 오관영 대표, 길섶갤러리 강병규 대표, 이렇게 세 분의 사람책을 모시고 오랜 시간 이야기를 나누었다.

사람책분들과 대다수 참가자들이 숙소로 돌아가신 후에도 몇몇 분들은 아쉬움이 남았던 것 같다. 맥주 피처병에 맥주를 가득 담은 뒤 방으로 돌아와 새벽까지 맥주를 마셨다. 나는 아마도 중간에 잠이 든 것 같다.

2019년 10월 3일(목)

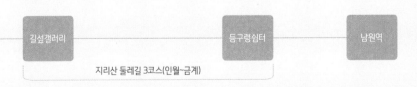

| 길섶갤러리 | 등구령쉼터 | 남원역 |

지리산 둘레길 3코스(인월-금계)

일어나니 방이 아닌 마루에서, 이불의 반쪽 위에 누워 이불의 나머지 반쪽을 덮고 있었다. 맥주를 마시다 잠이 들었나보다. 방바닥이 따듯해서 입이 돌아가진 않았다. 아침 6시쯤이다. 밤새 걱정했던 17호 태풍 미탁은 우리의 바람대로 조용히 지나가 준 것 같다. 고요한 아침이다. 지리산 아침공기를 마시기 위해 부리나케 씻고 밖으로 나갔다.

서울에서는 매일 아침 미세먼지 예보를 확인해야만 했는데 이곳에선 그런 확인은 안 해도 되겠구나. 부럽게도 말끔한 아침공기였다. 겹겹이 쌓인 지리산 능선들을 바라보면서 한참 넋을 놓고 있었다. 오늘은 지리산 둘레길 3코스를 걸으며 여러 가지 생각들을 정리하는 여행 마지막 날이다.

길섶갤러리 하룻밤 숙박 비용에는 무한 생맥주와 흑돼지구이 저녁식사 그리고 뷔페식 아침이 포함되어 있다. 밥, 국, 계란과 베이컨 등의 반찬, 직접 구어 낸 빵, 잼과 버터, 시리얼, 우유, 커피, 과일 등을 원하는 만큼 담아 야외든 실내든 원하는 곳에서 식사했다. 삼삼오오 대화를 나누며 드시는 분들과 고독히 풍경을 바라보며 드시는 분들로 자연스럽게 나뉘었다.

모처럼 스케줄에 쫓기지 않는 여유로운 아침식사를 모두 마친 후, 모두 식당에 모였다. 김만희 대표께서 남원 여행 과정에 대한 리뷰를 간단히 전하셨고 이어 참가자들의 소감을 들었다. 참가자들이 가장 많이 언급한 내용은 실상사였다. 실상사 천왕문 양쪽 기둥에 새겨진 '가득함도 빛나고 비어짐도 빛나라' 라는 주련에 대해, 그리고 도법스님 설법 중, '젊음도 빛나고 늙음도 빛나라' 라는 말씀에 많은 감명을 받으셨던 것 같다. 그 밖에 '매일

밤 숙소에서 배가 찢어지게 웃었다', '고등학교 수학여행을 다시 다녀온 기분이다', '소년·소녀 시절로 돌아간 것 같다', '인생후반전은 성취 지향적이 아닌 공동체 지향적인 삶을 살고 싶다' 등이 기억에 남는다.

소감들이 모두 진심이구나라는 진정성이 느껴졌다. 이 과정을 처음 맡았던 때가 떠올랐다. 부족한 점이 많아서 준비과정에선 힘듦도 많았고, 유례를 찾기 어려워 시행착오도 많았지만, 이 순간만큼은 기쁨과 보람이 충만했다.

강병규 대표께 구절초 축제의 취지와 개요를 전해 들은 후, 단체 사진을 찍었다. 길섶갤러리 곳곳에 마지막 인사를 했다. 몇 대의 승용차에 모든 짐을 실어 3코스 종착 지점에 가져다 두었다. 몸도 마음도 가볍게! 우리 여행의 마지막 과정인 지리산 둘레길 3코스를 걷기 시작했다.

하늘이 꽤 높았는데 두껍고 흰 구름층이 하늘을 꽉 채우고 있었다. 비가 많이 와서 계곡물이 불어난 구간을 만나면 기꺼이 신발과 양말을 벗고 맨발로 건넜고 중간중간 배경이 좋은 곳이 나타나면 우르르 모여 사진을 찍었다. 그렇게 한 시간 반 정도를 걸어 3코스 종결지인 등구령쉼터에 도착했다. 지리산 산채비빔밥으로 지리산 정기를 온몸에 채우고 마지막 버스에 올랐다. 40분 뒤 남원역에 도착했다.

오늘은 '50+, 남원·지리산에서 길을 찾다' 과정의 마지막 날이다. 남원에서 서울로 돌아온 뒤, 대망의 글쓰기 과정이 진행되었다. 약 3주간 원고를 작성하고 방향을 잡고 수정하고 다시 방향을 잡는 지난한 과정을 반복했다. 오늘 수료식을 진행하더라도 참가자들은 몇 번 더 원고를 수정하고 다듬어야 한다. 출판사 '퍼블리터'의 정재학 대표께서 참가자 한 분, 한 분의 글에 대해 방향을 잡아주셨다. 손바닥만한 카드에 쓰는 글도 고민이 필요한데 책을 쓴다는 것은 얼마나 어려운 일일까.

힘든 과정을 수료한 것에 대해 축하하는 의미로 사진을 한 장씩 넣은 나무 액자 한 개와 장미꽃 한 송이씩을 준비했다. 남원 여행 때 찍은 사진 중, 독사진 한 장씩을 선별해 인화했다. 센터장님의 아이디어였는데 의미 있는 선물이 될 것만 같았다.

수료식 진행 중, 생각지도 못한 꽃다발을 받았다. 패스파인더 김은영 실장께서 준비해 주셨다. 과정 중 더 도움 드리지 못한 아쉬움과 미안함이 있었는데 꽃다발까지 챙겨 주시다니. 송구스럽고 감사했다.

패스파인더 김만희 대표께서 참가자 한 분, 한 분을 호명해 액자와 꽃송이를 전달했다. 기념사진을 촬영하고 다 같이 식사를 하기 위해 인근 식당으로 자리를 옮겼다. 식사 자리에서 헤어짐이 아쉬워 몇 가지 테마의 후속 모임들이 논의되었다. 이를 테면 70년 개띠생들의 모임 같은.

3박 4일간 남원을 방문했을 때, 마침 남원 지역에 상륙한 17호 태풍 미탁으로 중간, 중간 폭우가 내렸지만 스케줄을 취소하거나 미룰 수 있는 상황이 아니었다. 축축하게 젖은 신발로 발은 불고 빗물에 몸 군데군데가 젖어 꿉꿉한 상태였는데도 불평하는 소리를 들은 적이 없었다. 오히려 크게 웃거나 미소 짓고 있는 모습을 더 많이 봤다. 사업 담당자로 참가자들을 옆에서 지켜보며 과연 어떤 마음가짐으로 이 힘든 과정을 임하고 계실까 궁금했었다.

과정이 다 끝나고 참가자들의 참여 소감을 듣다가 짐작하게 되었는데, 참가자들은 이 과정을 통해 즐겁고 의미 있는 '여행' 중이셨던 것 같다. 그것은 '나를 찾는 여행'. 이 과정이 끝난 뒤에도 인생 후반전을 함께 여행하는 동료가 되어 서로가 서로를 끌어주고 밀어주면 좋겠다고 생각했다.

이형정 ◦ 서울시도심권50플러스센터장
이서윤 ◦ 서울시도심권50플러스센터 PM
김만희 ◦ 패스파인더 대표
김은영 ◦ 패스파인더 실장
옥선희 ◦ 영화평론가

김은영, 김만희

이서윤, 이형정

옥선희

남원에서 살아보기

초판 1쇄 인쇄 2020년 3월 10일
초판 1쇄 발행 2020년 3월 17일

지은이 ● 서울시도심권50플러스센터
펴낸이 ● 정재학
펴낸곳 ● 퍼블리터
등록 ● 2006년 5월 8일(제2014-000181호)
주소 ● 경기도 고양시 일산동구 정발산로 24(장항동 868) 웨스턴타워 T3 508호
대표전화 ● (031)967-3267
팩스 ● (031)990-6707
이메일 ● publiter@naver.com
홈페이지 ● www.publiter.co.kr
페이스북 ● www.facebook.com/publiter1
블로그 ● blog.naver.com/publiter
인스타그램 ● instagram.com/publiter

기획 ● 곽경덕
편집 ● 임성준
마케팅 ● 신상준
디자인 ● 황정아
인쇄 및 제본 ● 천광인쇄

가격 15,000원

ISBN 979-11-968727-2-4 03810

이 도서의 국립중앙도서관 출판예정도서목록(CIP)은 서지정보유통지원시스템 홈페이지(http://seoji.nl.go.kr)와
국가자료공동목록시스템(http://www.nl.go.kr/kolisnet)에서 이용하실 수 있습니다.
(CIP제어번호:CIP2020009070)

*이 책은 무형광지를 사용했습니다.